新しい韓国の文学

17

殺人者の記憶法

キム・ヨンハ＝著

吉川凪＝訳

目次

殺人者の記憶法

俺が最後に人を殺したのはもう二十五年前、いや二十六年前だったか、とにかくその頃だ。それまで俺を突き動かしていた力は、世間の人たちが考えているような殺人衝動や変態性欲などではない。もの足りなさだ。もっと完璧な快感があるはずだという希望。犠牲者を埋めるたび、俺はつぶやいた。

次はもっとうまくやれるさ。

俺が殺人をやめたのは、まさにその希望が消えたからだ。

*

日記をつけた。囲碁の世界では勝負がついた後、冷静にその対局を検討する。言ってみれば、俺はそんな作業を必要としていたのだろう。どこが間違っていたのか、それでどんな気分だったのかを記録しておかないと、また手痛い失敗を繰り返すような気がした。受験生たちが誤答ノートをつくるように、俺もまた、自分の犯した殺人のすべてのプロセスと感想をきちょうめんに記録した。

つまらないことをしたものだ。

文章を書くのは、とても骨が折れた。名文を書こうというわけではなし、ただの日記に過ぎないのに、それがこんなに難しいとは。俺が感じた喜びや口惜しさをそっくりそのまま表現できないのは、ひどく気分の悪いことだった。小説など国語の教科書に載っていたもの以外にはほとんど読んだことがないし、そこには俺の必要とする文章がなかった。だから、詩を読み始めた。

それが間違いの元だった。

カルチャーセンターで詩を教えていたのは、俺と同年輩の男の詩人だ。彼は最初の講義の時、厳粛な表情でこんなことを言って俺を笑わせた。「詩人は熟練した殺し屋のように言葉をとらえ、しまいにはそれを殺害する存在なのです」。

その時、俺はすでに数十人の獲物を「とらえ、しまいにはそれを殺害」して土に埋めた後だったけれど、自分のやったことが詩であるとは思わなかった。殺人は詩よりも散文に近い。やってみれば誰でもわかる。殺人は、意外に煩わしくて、汚らしい作業だ。

ともあれ、その講師のおかげで詩に興味が湧いたのも事実だ。俺という人間は、悲しみは感じないようにできているが、ユーモアには反応する。

＊

金剛経を読む。

「すべからく留まる所なくして　その心を生ずべし（応無所住　而生其心[*1]）」

＊

俺はかなり長い間、詩の講座に通った。講義がつまらなければ殺してしまおうと思ったが、幸いとても興味深かった。講師は何度も俺を笑わせ、俺の書いた詩を二度もほめてくれた。だから生かしておいてやった。彼は、自分がそれ以来、オマケの人生を生きているのだということに、今でも気づいていないだろう。ちょっと前に読んだ彼の新作詩集には失望した。あの時、さっさと埋めてしまうべきだったかもしれない。

俺みたいな天才的殺人者も殺人をやめるのに、あれっぽっちの才能で今まで詩を書き続けているなんて、ずうずうしいにも程がある。

＊

この頃、よく転ぶ。自転車に乗っていても転ぶし、石につまずいても転ぶ。いろんなことを忘れた。やかんを三つも焦がして駄目にしてしまった。ウニが、病院に診察予約を入れたと電話してきた。俺が怒って大声を上げると、ウニはしばらく沈黙した後、こう言った。

「絶対おかしい。きっと、頭がどうにかなっちゃったんだ。あたし、お父さんが怒るの、見たことないのに」

ほんとうに、俺は怒ったことがないのだろうか。ぼんやりしていると、ウニの方から電話を切った。話の続きをしようと携帯電話を手に取ったものの、突然、電話のかけ方がわからなくなった。通話ボタンを先に押すのか、番号を先に押して通話を押すのか。ところでウニの電話番号は何番だったかな。いや、それじゃなくて、もっと簡単なやり方があったような気がするが。

じれったい。いらいらする。携帯を投げ出した。

*

俺は詩の何たるかを知らないから、自分の殺人のプロセスを正直に書いた。最初の詩のタイトルは「ナイフと骨」だったか。講師は、言葉の使い方が斬新だと言った。ナマの言葉と死の想像力で、生きることの無常を鋭くえぐり出しているのだそうだ。彼は俺の「メタファー」を繰り返し賞讃した。

「メタファーって何ですか？」

講師はにやりとして――その笑顔が気に入らなかった――メタファーについて説明した。聞いてみれば、メタファーは比喩のことだった。


あはは。

申し訳ないが、あれは比喩じゃないぞ、この野郎。

＊

般若心経を手に取る。開いて読む。

「それゆえ空《くう》の中には物質もなく、感覚も思考も意志作用も意識もなく、目も耳も鼻も舌も体も意志もなく、形体や音、匂いや味や感触や意識の対象もなく、目の境界もなく、意識の境界すらなく、無明《むみょう》もなくまた無明が尽きることもなく、老いて死ぬこともなく、また老いて死ぬことが尽きることすらなく、苦しみと苦しみの原因と苦しみがなくなることも苦しみをなくす

方法もなく、知恵もなく得ることもないのだ（是故空中無色《ぜこくうちゅうむしき》　無受想行識《むじゅそうぎょうしき》　無眼耳鼻舌身意《むげんにびぜっしんい》
無色声香味触法《むしきしょうこうみそくほう》　無眼界乃至無意識界《むげんかいないしむいしきかい》　無無明亦無無明尽《むむみょうやくむむみょうじん》、乃至無老死亦無老死尽《ないしむろうしやくむろうしじん》　無苦集滅《むくしゅうめつ》
道《どう》　無智亦無得《むちやくむとく》　以無所得故《いむしょとくこ》）」

＊

「詩を習ったことがないって、ほんとうですか」。講師が聞く。「習わないといけないものですかね」と問い返すと、「いいえ。下手に習うと、かえって駄目になります」と言う。俺は言ってやった。「そうですか。それなら良かった。もっとも人生には詩以外にも、人から習えないものが、いくつかありますね」。

＊

ＭＲＩを撮った。白い棺のような形の検査台に横たわり、俺は光の中に入っていった。ある種の臨死体験のようだ。空中に浮かんで自分の体を見下ろしているような幻想に襲われた。死がそばに来て立っている。わかる。俺はもうすぐ死ぬのだ。

その一週間後には、認知機能検査だか何だかをやった。医者が尋ね、俺が答える。やさしい問題なのに、答えられない。水槽に手を突っ込み、捕まえにくい魚をつかみ上げなければならないような気分、とでも言おうか。今の大統領は誰。今年は何年。さっき聞いた単語を三つ言って下さい。十七たす五は。答えは絶対知っているはずだ。それなのに、思い浮かばない。知っているのに知らないだと？　世の中に、そんなことがあっていいのか。

検査を終えて医者に会った。表情が冴えない。

「海馬が委縮しています」

医者は脳のＭＲＩ写真を指して言った。

「アルツハイマーであることは確かです。どの段階なのかは、まだはっきりしません。時間をかけて見ていく必要がありそうです」

横に座っていたウニは、口をぎゅっとつぐんだまま、何も言わなかった。医者が言った。

「だんだん記憶がなくなっていくはずです。まず、短期の記憶や最近の記憶からなくなるでしょう。進行を遅らせることはできますが、防ぐことはできません。とりあえず、処方した薬をきちんとのんで下さい。それから、何でも記録して、それをいつも身に着けておいて下さい。そのうち、家に帰る道もわからなくなるかもしれませんから」

モンテーニュの『随想録』。色あせて黄ばんだ文庫本を再読する。年を取ってから読むと、こんな文章が、今さらのごとく心に沁みる。「我々は死に対する懸念で生を台無しにし、生に対する心配のせいで死を駄目にしてしまう」。

＊

＊

病院からの帰り道に検問にひっかかった。警察官がウニと俺の顔を見て、知り合いだと見て取ると、行っていいと言った。農協の組合長の末っ子だ。

「殺人事件があって検問をしてるんです。このところ連日、朝から晩までたいへんですよ。こんな真っ昼間に殺人犯が、どうぞ捕まえて下さい、と言わんばかりに出歩いてるわけがないのにねえ」

俺の住んでいる郡とその近隣の郡で、三人の女性が立て続けに殺されたという。警察は連続殺人と断定していた。三人とも二十代で、夜遅く帰宅途中に襲われた。手首と足首に縛られたような痕があった。アルツハイマーだと診断された直後に三人目の犠牲者が出たから、俺としてはこう自問するのも当然だった。

ひょっとして、俺か？

俺は壁のカレンダーをめくり、女たちが拉致され死亡したと推定される日付を確かめてみた。俺には疑いようのないアリバイがあった。俺でなかったのは幸いだが、手当たり次第に女を拉致して殺すやつが近所に現れたのは、うれしくない。俺はウニに、殺人犯がこの辺をうろついているかもしれないと何度も強調した。注意事項も教えた。絶対に夜遅く一人で外を歩いてはいけない。男の車に乗ってしまったら、それで一巻の終りだ。耳にイヤホンをつけて歩くのも危ない。

「あんまり心配しないで」

家を出る時、ウニはひとこと付け加えた。

「殺人、殺人って騒ぎすぎだわ」

*

この頃、俺は何でも記録する。知らない場所で突然はっと我に返って狼狽したあげく、首に名前や住所を書いた札を下げていたおかげで家に戻れる時もある。先週は、よその人たちに交番に連れていってもらった。警官は笑顔で迎えた。

「また来ましたね」

「私を知っているんですか」

「もちろんです。ご本人よりも、よく知ってますよ」

ほんとうか。

「お嬢さんがすぐ迎えに来ます。さっき連絡しておきました」

*

ウニは農学部を出て、地域の研究所に就職した。そこで植物の品種改良をしている。別々の種類の植物を組み合わせて新しい品種をつくることもある。白衣を着てほとんど一日中研究所で過ごし、時には徹夜もする。植物たちは人間がいつ出勤していつ帰宅するのかなど関心がないから、真夜中に受粉させてやらなければいけないこともあるらしい。植物は恥ずかしげもなく、猛烈に成長する。

皆は、ウニを俺の孫だと思うらしく、娘だと言うと驚く。それもそのはず、俺は今年七十六歳なのに、ウニはまだ二十八だ。このミステリーに最も関心があったのは、やはりウニだ。

の時、ウニは学校で血液型について習った。俺がAB型なのにウニはO型。親子にはありえない。

「お父さんの娘なのに、どうして?」

俺は、可能な限り真実を語ろうと努力する。

「お前は養女なんだ」

ウニとの間に溝ができたのは、たぶんその時からだったと思う。ウニは俺にどう接していいのか当惑していたらしく、そうして開いた距離は、ついに縮められなかった。その日以来、ウニと俺はよそよそしくなったままだ。

カプグラ症候群というものがある。脳の、親密感をつかさどる部位に異常があると発生する病気だ。この病気にかかると、身近な人の顔はわかるものの親しみが感じられなくなる。たとえば、夫が突然妻を疑いだす。「俺の女房みたいな顔をして、女房そっくりにふるまうあんたはいったい誰だ? 誰の命令でこんなことをしている?」。顔も仕草もまったく同じなのに、どうしても他人のように感じ、知らない人だとしか思えなくなる。結局この患者は、まるで見知らぬ世界に島流しされたような気持ちで生きていくほかはない。そっくりの顔をした他人たちが、皆ぐるになって自分をだましていると信じるのだ。

その日からウニは、自分を取り巻くこの小さな世界、俺とウニ二人きりの家庭を、見知らぬもののように感じ始めたようだ。それでも俺たちは、一緒に暮らした。

*

風が吹けば裏庭の竹林がざわめく。それにつれて心も千々《ちぢ》に乱れる。風の強い日は、鳥たちも口をつぐむらしい。

竹林のある林野を購入したのは、ずいぶん昔のことだ。買って良かったと思う。前々から、自分専用の林が欲しいと思っていた。朝は竹林に散歩に出かける。竹林では走ってはいけない。ちょっと転んだりすれば、死ぬこともある。竹を切った後の切り株は尖っていてとても固いから、竹林では常に足元を見て歩かなければならない。耳ではざわざわいう笹の葉の音を聞き、心ではその下に埋まっている人たちのことを考える。竹になり、空に向かってすくすく育つ死体たち。

*

ウニが尋ねた。

「なら、あたしのほんとうのお父さんお母さんはどこ。生きてるの？」

「二人とも亡くなった。お前は孤児院から引き取ってきたんだ」

ウニは信じようとしなかった。一人でインターネットで検索したり、役所関係もあちこち訪ね歩いていたかと思うと、自分の部屋にこもって数日間泣き暮らした。そして現実を受け入れた。

「あたしのお父さんやお母さんを知ってたの？」

「会ったことはあるが、それほど親しくはなかったな」

「どんな人？　いい人だった？」

「とてもいい人たちだった。最後の瞬間までお前の心配をしてた」

＊

豆腐を焼く。朝も豆腐、昼も豆腐、晩も豆腐を食べる。フライパンに油を回し、豆腐を入れる。いい具合に火が通ればひっくり返して焼く。キムチを添えて食べる。いくら呆《ぼ》けても、これは一人で作れるだろう。焼き豆腐定食。

＊

発端は、軽い接触事故だった。三差路で、やつの四輪駆動車が俺の前にいた。この頃、よく目がかすむ。アルツハイマーのせいだろう。俺はその瞬間、前の車が停車しているのに気づかず、そのまま追突してしまった。狩猟用に改造された車だ。屋根にサーチライトをつけただけでは飽き足りないのか、バンパーの上にフォグランプを三つも増設している。こんな車はトランクも水洗いできるように改造しているものだ。バッテリーも二つほど増設して。狩猟シーズンになると、こんなやつらが村の裏山に押し寄せる。

俺は車を降りて四輪駆動車に近づいた。相手は車に乗ったまま降りてこない。窓も閉めたきりだ。俺は窓をノックするように叩いた。

「すいません、ちょっと降りてくれませんか」

彼はうなずき、このまま行けと手振りで示した。変だ。少なくとも後ろのバンパーは一度見るべきではないか。俺がじっと立ったままなので、結局そいつが降りた。三十代初めの、小柄だががっしりした体格のそいつは、後ろのバンパーをいい加減に見ると、大丈夫だと言った。大丈夫なはずがない。バンパーはぼこんとへこんでいる。

「どうぞ、行って下さい。もともとへこんでたんです。大丈夫ですよ」

「でも、何かあったらいけないから、連絡先を交換しておきましょう。後で問題にならないように」

俺は自分の連絡先を渡したが、そいつは受け取らなかった。

「結構です」

感情のこもらない、低い声。

「お住まいは、この近所ですか」

やつは返事をせず、その代り、初めて俺の目をまっすぐ見つめた。ヘビの目だ。冷たく冷酷な。俺は確信している。その時俺たち二人は、互いに相手の正体を悟った。

やつは、メモ用紙に名前と連絡先を一字一字きちんと書いた。子供みたいな字だ。名前はパク・ジュテ。俺は被害状況をもう一度確かめるため車の後ろに回った。その時、俺は見た。トランクからぽとぽと落ちる血のしずくを。同時に感じた。滴り落ちる血を見ている俺を注視する、やつの視線。

＊

人は、狩猟用四輪駆動車から血が滴っていれば、死んだノロジカでも積んでいると思うだろうが、俺は、その中にあるのは人間の死体だと仮定することから始める。その方が安全だ。

誰だったかな。スペイン、いやアルゼンチンの作家だったか。もう、作家の名前など思い出せない。とにかく誰かの小説にこんな話があった。老作家が川辺を散歩していて一人の若者に会い、ベンチに座って話をする。後になって気づく。川辺で会ったその若者が、自分であったと。もしそんなふうに若い時の自分に出会ったら、見分けがつくだろうか。

*

ウニの母親が、俺の最後の犠牲者だった。彼女を土に埋めて帰る途中、車が木にぶつかって横転した。警察は、俺がスピードを出し過ぎて、カーブでバランスを崩したのだと言った。脳の手術を二度受けた。最初は薬の副作用だと思った。病室で寝ていると、気持ちがとても安らかで、妙な感じだった。以前には人々が騒ぐ声を聞いただけでも、耐えられないほどいらいらした。料理を注文する声、子供の笑い声、女たちがぺちゃくちゃしゃべる声。どれも嫌いだった。それなのに、唐突に訪れた平和。ひたすら怒りに沸き立っている状態が普通だとばかり思っていたが、そうではなかったのだ。俺は突然耳の遠くなった人のように、心に訪れたこの突然の静寂と平穏に慣れなければならなかった。事故のショックであれ、手術のせいであれ、俺の脳に何かが起こっていた。

単語がだんだん消える。俺の頭はナマコのようになってゆく。穴が開く。ぬるぬるする。何もかも抜け落ちる。朝、新聞を隅から隅まですべて読む。全部読み終わると、読んだ分量よりもっと多くの事を忘れてしまったような気がする。それでも読む。文章を読むのは、必要な部品が足りないのに、無理やり機械を組み立てているような感じだ。

＊

俺はウニの母親をずっと狙っていた。彼女は俺の通うカルチャーセンターの事務員だった。ふくらはぎがきれいだった。俺は詩や文章に接していたせいか、だんだん気が弱ってくるような気がしていた。反省と反芻も、衝動を抑圧するように思えた。俺は意気地なしになりたくなかったし、自分の中に煮えたぎる衝動を抑圧したくもなかった。暗く深い洞窟に押し込まれるような気がした。それで俺は、自分がまだ元のままの自分なのか、確かめたくなった。目を開

＊

けると、すぐ前にウニの母親がいた——偶然は、往々にして不運の始まりだ。

＊

だから殺した。
ところが、非常に苦労した。
がっかりした。

何の快感もない殺人。その時すでに、俺に何かが起こっていたのかもしれない。二度の脳手術は、それを取り返しのつかないものにしてしまっただけで。

＊

朝、新聞で、また連続殺人が起きて地域社会が衝撃を受けているという記事を見た。いつ連続殺人があったというのだろう。変に思ってノートをひっくり返してみると、以前に発生した三件の殺人事件を整理した記録があった。この頃、いっそう物忘れがひどい。書き留めなかったものは、さらさらと砂のように指の間から落ちてしまう。俺は四件目の殺人の報道内容を、ノートに記した。

二十五歳の女子大生が農道で死んでいるのが発見された。手足に縛られた痕跡があり、衣服は着用していなかった。今度も拉致して殺した後、死体だけを農道に遺棄したのだ。

*

パク・ジュテというやつは連絡してこない。それなのに、俺はやつを何度も見かけた。偶然にしては多すぎる。俺が気づかなかったこともあるはずだ。やつはオオカミのごとく俺の家の周りをうろつき、俺の動静を監視している。何度か、話しかけようとして近づいてみたが、その度にやつはいつの間にか姿を消した。

*

やつはひょっとして、ウニを狙っているのだろうか。

殺した人間より、我慢して生かしておいた人間の方が多い。「自分のしたいことを全部している人間など、世の中にいるものか」。父が口癖のようにそう言っていた。同感だ。

＊

朝、俺はウニが誰だかわからなかったらしい。今はわかる。幸いだ。医者によると、ウニもいずれ記憶から消えるだろうとのことだ。

「小さい時の姿だけ残るはずです」

誰だかわからない存在を守ることはできない。俺はウニの写真でペンダントを作り、首にかけた。

「そんなことをしても無駄ですよ。新しい記憶ほど先に消えていきますからね」

医者が言った。

＊

「お願い、娘だけは殺さないで」

ウニの母親は泣きながら訴えた。

「わかった。それは心配するな」

今までは約束を守った。俺は心にもない約束をするやつらが嫌いだ。だから、そんな人間になるまいと努力してきた。今からが問題だ。忘れる前にここにもう一度記しておく。ウニが殺されるのを、黙って見ているわけにはいかない。

＊

カルチャーセンターに通っている時、講師が未堂《ミダン》＊2の詩について講義したことがある。「花嫁」という詩だった。初夜に厠《かわや》に行く花婿の服が、門の取っ手に引っかかった。花婿は、花嫁が淫乱なために自分の袖を引っ張ったのだと勘違いし、逃げ出してしまった。四十年だか五十年だかして、偶然そこを通りかかってみると、花嫁が初夜の姿そのままで座っていた。それでぽんと叩いてみると、灰になってすっかり崩れ落ちてしまったという物語。講師から受講生までが、実に美しい詩だと口々にほめたたえた。

俺はその詩を、初夜に花嫁を殺害して逃走した花婿の話だと解釈した。若い男と若い女、そして死体。そうとしか読めないではないか。

*

俺の名はキム・ビョンス。今年で七十になった。

*

死ぬのは怖くない。忘却も防ぐことはできない。すべてを忘れ去ってしまった俺は、今の俺ではないだろう。今の俺を覚えていられないなら、来世があったとしても、それがどうして俺であり得るだろうか。それだから気にしない。最近俺が気にかけているのは、たった一つ。ウニが殺されないようにしなければ。俺のすべての記憶が消える前に。

この生の業《ごう》、そして因縁。

*

俺の家は山のふもとに、道から少し引っ込むようにして建っているから、山に登る人たちはあまり気づかないが、下りてくる人たちの目には、比較的つきやすい。上に大きな寺が一つあるために、庵や僧舎と間違える人たちもいる。百メートルほど下りると、民家がぽつぽつ現れる。近所の人たちが「杏《あんず》の木の家」と呼ぶ家に、認知症の夫婦が住んでいた。最初は夫が認知症になり、しばらくすると妻にも同様の診断が下った。他人の目にどう映るかはともかく、夫婦は仲良く暮らしていた。道端で会うと、両手を合わせて丁寧にあいさつしてくれたが、俺を誰だと思っていたのだろう。彼らの時計は、最初は一九九〇年代頃に巻き戻っていたが、しまいには一九七〇年代にまで遡った。ちょっとした言葉尻をとらえられて連行され、ひどい目に遭わされた時代、緊急措置[*3]とマッコリ保安法[*4]の時代だ。だから夫婦はいつも知らない人に会うと警戒し、用心していた。彼らにとって村の人たちは皆、知らない人で、なぜ知らない人たちがこんなふうに自分たちの家の周りに絶えず出没するのか、夫婦は訝《いぶか》しく思っていた。そうしているうち、ついに夫婦はお互いが誰だかわからないほど呆けた。その頃になって息子が現れ、両親を老人ホームに入れた。俺はその家の前を通っていて偶然その光景を目撃したのだが、夫婦は膝をついて息子に、どうか勘弁して下さい、私たちは決してアカではありません、と哀願していた。スーツを着て現れ、自分たちを連れて行こうとする息子を、中央情報部[*5]の要員か何かだと思っているようだった。連れ合いの顔すらわからなくなった夫婦が、その時は心を一つにして、勘弁してくれと許しを請うた。腹を立てたり泣いたりする息子に代わって、村の人たちが老夫婦を車に押し込んだ。

あの人たちが、俺の未来だ。

＊

ウニはしきりに俺に向かって「なぜ」と尋ねる。なぜそんなことを言うのか。なぜ思い出せないのか。なぜ努力しないのか。ウニの目には、俺は変なところだらけであるらしい。俺がウニを困らせるために、わざと呆けたふりをしていると思ったりもするようだ。あたしがお父さんにどんな態度を取るのか確かめるために、わかることもわからないふりをしているみたい、そんな時のお父さんはすごく落ち着いているもの。

ウニがドアに鍵をかけてすすり泣いているのを知っている。昨日は友達に電話しているのを聞いた。たまらない、と言っていた。

「まるで別人なんだ」

ウニは友達に言った。一日ごとに変わっていく。少し前と、ついさっきと、しばらく後に違う。同じ話を何度もする。ある時は、ついさっきのことも思い出せない、完全な認知症のように見えたかと思うと、別の時にはまったく正常な人のように見えたりもする。

「あたしの知っているお父さんじゃない。とってもつらい」

＊

父が俺の創世記だ。酔えば必ず母とヨンスギを殴っていた父を、俺が枕で押さえつけて殺した。そうする間、母は父の体を、ヨンスギは脚を押さえていた。ヨンスギはまだ十三歳だった。縫い目のほどけた枕から、もみ殻がこぼれ落ちた。ヨンスギはそれをかき集めて枕に戻し、母はぼんやりとした顔で枕をつくろった。俺が十六歳の時のことだ。朝鮮戦争直後は人がたくさん死んだから、自分の家で寝ていて死んだ男のことなど、誰も興味を持たなかったし、警官すら一人として来なかった。すぐに庭にテントを張り、弔問客を迎えた。

俺は十五で米の叺《かます＊6》を担《かつ》いだ。田舎では、男が米の叺を担げる年齢になれば、父親も手出しができない。母と妹は父にいつも殴られていた。雪の降る日、母と妹を丸裸にして家の外に出したこともある。殺すのが最善の方法だった。ただ、俺一人でできたのに、母と妹まで関わらせてしまったことだけが、悔やまれる。

戦争で生き残った父は、いつも悪い夢を見ていたし、寝言もひどかった。死ぬ瞬間も、たぶんこれは悪い夢なのだと思っていただろう。

＊

「書かれたすべての文章のうち、私は血で書かれたものだけを愛する。血をもって書け。そうするなら、お前は血がすなわち精神であることを経験することになるだろう。他人の血を理解するのはたやすいことではない。私は本を読む怠け者を憎悪する」

ニーチェの『ツァラトゥストラはかく語りき』の中の言葉だ。

＊

十六歳から始めて四十五歳まで続けた。その間に四月革命[*7]と五・一六軍事クーデター[*8]があった。朴正熙《パクチョンヒ》大統領は、「十月維新[*9]」を宣布して終身独裁を夢見ていた。大統領夫人の陸英修《ユクヨンス》が銃弾を浴びて死んだ。ジミー・カーターがやって来て、独裁はもういい加減にしておけと朴正熙に言い、パンツ一枚でジョギングをした。朴正熙も暗殺された。金大中《キムデジュン》が日本で拉致され、九死に一生を得て助かり、金泳三《キムヨンサム》は国会から除名された。戒厳軍が光州《クァンジュ》を包囲し、市民を殴ったり、銃で撃ったりして殺した。

だが、俺はただ殺人のことだけを考えていた。たった一人で、世の中を相手に戦争をしたのだ。殺し、逃げ、隠れた。また殺し、逃げ、隠れた。ＤＮＡ鑑定も、防犯カメラもなかった時代。連続殺人という用語すらあまり知られていなかった。数十人もの挙動不審者や精神病患者が容疑者として浮上し、警察に連行されて拷問を受けた。そのうち何人かは嘘の自白すらした。警察署どうし連携して捜査するということがなかったから、他の地域で事件が起きれば別の事件として処理された。捜査といえば、せいぜい数千人の警察官が棒を持って、見当はずれの山ばかりつついて回る程度だった。

いい時代だった。

＊

最後に人を殺した時に、俺は四十五歳だった。思えば、枕で窒息死した時の父が、四十五歳だったな。妙な偶然だ。これも書いておこう。

俺は悪魔か、あるいは超人なのか。それとも、その両方か。

＊

七十年の人生。振り返ってみれば、ぽっかり口を開けた洞窟の前に立っているような気分だ。近づきつつある死を思う時には特に何の感慨もないが、過去を振り返れば暗澹として、途方に暮れる。俺の心は砂漠だった。何も育たない。湿り気などこれっぽっちもない。子供の頃には、他人を理解しようと努力した時期もあったが、俺には難しすぎる課題だった。俺はいつも、人目を避けるようにしていた。皆は俺を、小心でおとなしい人物だと思っていた。

鏡を見て表情をつくる練習をした。悲しい顔、明るい顔、心配そうな顔、がっかりした顔。そのうちにコツをつかんだ。目の前にいる人の表情をそっくり真似すればいい。人がしかめっ面をすればしかめっ面をし、人が笑えば、俺も笑った。

昔の人は、鏡の中に悪魔が住んでいると信じていたというではないか。彼らが鏡に見ていた悪魔、それが俺なのだろう。

＊

ふと、妹に会いたくなった。ウニに聞くと、だいぶ前に死んだという。

「何で死んだんだ？」

「悪性貧血に苦しんで亡くなったじゃない」

言われてみれば、そんな気もする。

＊

俺は獣医だった。殺人犯には、おあつらえ向きの職業だ。強力な麻酔剤を好きなだけ使え、象だって瞬時に倒せる。田舎の獣医は出張が多い。大都市の獣医が病院にいてペットの犬や猫を診察している間に、田舎の獣医は歩き回って牛や豚、鶏などの家畜を診察する。昔は、たまに馬を診ることもあった。鶏を除けばすべて哺乳類だ。身体構造は人間とあまり違わない。

また、とんでもない場所で正気を取り戻した。来たことのない場所だ。しきりにどこかへ行こうとする俺を制止するため、近所の青年たちが商店に集まって俺を取り囲んでいた。俺は、怖気づいて暴れたりもしたらしい。警官が来て無線で何か連絡していたかと思うと、俺をパトカーに乗せた。何度も記憶を失い、どこかをさまよっては地域の人たちに囲まれた状態で警察に保護される。

*

反復される、群衆、包囲、そして警察による連行。

認知症は、老いた連続殺人犯に人生が仕掛けた意地の悪い冗談、いや、どっきりカメラだ。驚いたかい？　ごめん、ちょっといたずらしてみたのさ。

*

一日に一篇ずつ詩を暗記することにした。やってみると、簡単ではない。

*

最近の詩はよくわからない。難しすぎる。それでもこんな一節はいい。書いておこう。

「私の苦痛には字幕がない　読み取れない――キム・ギョンジュ[*10]『非情聖市』」

同じ詩から、もう一つ。

「私の生きた時間は誰も味わったことのない密造酒だった／私はその時間の名によってすぐに酔った」

＊

町に出て買い物をしていると、ウニの勤めている研究所の前を、見覚えのある男がうろついていた。誰なのかちっとも思い出せない。家に帰る途中、対向車線を通り過ぎる四輪駆動車を見て、ようやく気づいた。あいつだ。俺は手帳を出して名前を確認した。パク・ジュテ。やつが、ウニの近くに来ている。

＊

運動を再開した。主に上半身のトレーニングをしている。医者は、認知症の進行を遅らせるのに運動も役立つと言ったが、そのためにしているのではない。ウニのためだ。対決の瞬間に生死を左右するのは、上半身の筋力なのだ。つかみ、押さえ、絞める。哺乳類は呼吸器のある喉が急所だ。酸素が脳に供給されなければ、数分以内に息を引き取るか、あるいは脳が損傷を受ける。

＊

カルチャーセンターで会った人が俺の詩をほめてくれて、自分の出している文芸誌に載せてやろうと言う。三十年も前のことだ。そうしてくれと言ったら、しばらくして電話があった。雑誌が出たから送り先の住所を教えろと言い、自分の口座番号を言うのだ。金を出して買うのかと聞いたら、みんなそうしていると言う。そんなのは嫌だと言ったが、もう雑誌は全部印刷できているのに、今さらそんなことを言われても困ると、泣き声になった。困るという言葉の意味を、あまりにも安易に考えているようで、正してやりたいという強い欲求を感じた。しかし、そもそもこの事態を招いたのは俺自身の俗物的な欲望だったから、相手のせいばかりにはできない。数日後、俺の詩が掲載された地方文芸誌二百部が家に届いた。文壇デビューおめでとうというカードも同封されていた。一部だけを残し、一九九部は薪代わりに燃やしてしまった。よく燃えた。詩で焚いたオンドルは、暖かかった。

ともかく俺は、その後、詩人と呼ばれた。誰も読まない詩を書く気持ちと、誰にも話せない殺人を犯す気持ちには、違いがない。

＊

ウニを待とうと縁側に座り、はるかな山に落ちる夕陽を見ていた。冬枯れの山が血の色に染まったと思ったら、すぐにくすんだ色に変わってしまう。あんなものが好きになるなんて、もうお迎えが近いのかもしれない。今、見ているものも、すぐに忘れてしまうだろう。

＊

先史時代の人類の遺骨を調査すれば、そのほとんどに殺害された痕跡があるという。頭蓋骨に穴が開いていたり、鋭利な物で骨が切られていたりするケースが多いのだそうだ。自然死はあまりなかった。認知症はほとんどなかったはずだ。その時まで生き残るのも難しかっただろうから。俺は先史時代に属する人間なのに、関係のない世の中に生まれ、あまりにも長く生きた。その罰で認知症になったのだ。

＊

ウニは一時期、いじめられていた。母親もおらず、父親は年寄りだから、子供たちが仲間はずれにした。母親なしに育つと、どうやって女性になるのかがわからない。そんな足りない部分を鋭く感じ取った女の子たちにいじめられた。ある日、ウニがカウンセリングの先生を訪ねて片思いについて相談した。好きな男の子がいたのだ。ところが翌日から、ウニが男好きだという噂が学校じゅうに広がった。ぞうきんみたいなやつだと言われた。俺はそのすべてをウニの日記帳を読んで知った。どうしていいかわからなかった。

連続殺人犯も解決できないこと。女子高生のいじめ。

あの子は、どうやってそこから抜け出したのだろう。今はちゃんと暮らしているから、それでいいのだろうか。

＊

最近、父がよく夢に出てくる。部屋のドアを開けて入ると、座り机の前に座って何かを読んでいる。俺の詩集だ。父は口にもみ殻をいっぱい含んだまま、俺を見て笑っている。

＊

俺の記憶が正しければ、俺は二度、所帯を持った。最初の女は男の子を産んだが、ある日行方をくらませた。子供まで連れて出ていったところをみると、何かを見たのかもしれない。捜そうと思えば捜せないこともないと思ったが、放っておいた。警察に届けるほどの女でもなかった。二番目の女は入籍した。五年一緒にいたけれど、俺に我慢がならないから離婚しようと言った。俺がどんな人間であるのか、推測すらできていなかったのは明らかだった。俺が、何がいけないのかと聞くと、感情のない人間だと言う。冷たい岩と暮らしているような気分だと。そう言いながら、他の男と会っていた。

女たちの表情は、解読困難な暗号のようだ。何でもないことで騒ぎたてるように見えた。泣けばいらいらするし、笑うと腹が立った。くだらない話をくどくど話す時は、耐えられないほど退屈した。殺したい時もあったが、ぐっとこらえた。妻が死ねば夫はいつだって第一の容疑者になる。妻の浮気相手は二年後に訪ねていって殺し、死体はバラバラにして豚小屋に投げた。

その時は記憶力が衰えてはいなかった。忘れてはならないことは、決して忘れなかった。

*

この地域の連続殺人のせいで、このところテレビに犯罪専門家たちが多数登場する。プロファイラーとか何とかで活動しているという人が、こんなことを言った。

「連続殺人は、一度始めると、止めることができません。さらに強い刺激を欲するようになり、次の犠牲者を執拗に物色するようになります。中毒性が強いから、刑務所に入ってもそればかり考えています。再び殺人をすることができないと絶望すれば、自殺を図ることすらあります。それほど強い衝動なのです」

世の中のすべての専門家は、俺の知らない分野について語る時だけ、専門家らしく見える。

*

この頃、ウニの帰宅が遅い。いつ聞いたことか覚えていないが、最近ウニの研究所では熱帯の果物や野菜をわが国の土壌に合うよう改良する研究が進行中だそうだ。パパイヤやマンゴーのようなものを、温室で栽培するのだ。どの村にもフィリピンから嫁いできた女性たちがおおぜいいるけれど、その人たちがパパイヤなどのトロピカルフルーツをとても恋しがるのだというう。だから、フィリピンの女性たちが研究所に来て、一緒に作物を観察したり、果物をもいだりするのだと聞いた。

人間とうまくつきあえなかったウニは、静かに育つ植物に愛情を注いだ。

「植物も、お互いに信号を送りあうの。危険が迫れば特定の化学物質を分泌して、他の植物たちに警告するんだから」

「毒を出すんだな」

「どんなに小さな生き物でも、生き残る手段があるのね」

＊

隣家の犬が、しょっちゅう来る。庭で糞尿もする。俺を見ると吠える。ここは俺の家だ。この野良犬め。

犬は石を投げても逃げずに、周囲をうろついている。帰ってきたウニが、その犬はうちの犬だと言う。嘘だ。ウニがどうして俺に嘘をつくのだろう。

＊

三十年間、根気よく人を殺した。あの頃は、ほんとうに一生懸命だった。どれも時効は過ぎている。公表しても大丈夫だ。アメリカなんかだと、回顧録を出版することもできるだろう。皆が罵倒するだろうな。するなら、しろってんだ。どのみち長くは生きられないんだぞ。考えてみれば、俺も意志の強い男だ。あれほど長い間続けていた殺人を、すっぱりとやめた。どんな気分かと言えば、船を売ってしまった船乗り、あるいは退役した傭兵みたいな気分だ。朝鮮戦争やベトナム戦争で俺よりももっと多くの人間を殺した者もいるはずだが、そいつらがみんな夜も眠れないでいるだろうか。そうではないだろう。罪の意識は本質的に弱い感情だ。恐怖や憤怒、嫉妬のような感情は強い。恐怖や憤怒の中では眠れない。罪の意識のせいで眠れない人物が登場する映画やドラマを見ると、笑えてくる。人生も知らない作家のくせして、何を偉そうに。

殺人をやめてボウリングを始めた。ボウリングの球は丸くて固くて重い。それを触るのが心地よかった。朝から晩まで、脚の力が抜けて歩けなくなるまで、一人で投げた。主人が、俺のいるレーンだけを残して照明を消すと、それが最後のゲームにしろという合図だった。ボウリングは中毒性がある。毎回なぜか次のゲームではもっと上手にできるような気がする。ついさっき逃したスペアも取れるような気がするし、さらに高い得点を挙げられる気がする。だが結局、点数は平均に収斂する。

*

壁の一つが、メモ用紙で覆われている。くっつければくっつく、いろんな色のメモ用紙だ。どこから出てきたのかわからないが、家の中にたくさんある。ウニが、俺の記憶力の助けにするため買ってきてくれるのかもしれない。こんなメモ用紙に名前があったような気がするけれど、よく思い出せない。北側の壁一つがメモ用紙でいっぱいになっていて、今では西側の壁にも貼りついている。それなのに、あまり役に立たない。意味のわからないもの、どうして貼ったのかわからないものが大部分だ。「忘れずにウニに言うこと」といったようなメモが、そうだ。何を言おうとしていたのだろう。個々のメモ用紙は、まるで宇宙の星のように遠く離れていて、それぞれの間には何ら関連がなさそうに見える。医者の書いてくれた言葉も記されている。

「汽車のレールが切れているのに、それを知らずに貨物列車が走っていると考えてごらんなさい。どうなりますか。レールの切れた地点に汽車や貨物がたまり続けて、めちゃくちゃになるでしょう？　そんなことが、頭の中で起こっているのです」

＊

詩の教室で一緒だった年配の女性のことが思い出される。自分が若い時に恋愛――この部分を、とても力を込めて言った――をたくさんしたと、俺にささやいた。後悔はしていません。年を取ったら、どれも思い出になるから。退屈した時には昔、寝た男たちを一人ずつ思い出すの。

俺は最近、あの女のように生きている。俺の手で殺した人たちを一人ずつ思い出しているのだ。そう言えば、そんな映画もあったっけ。「殺人の追憶」。

＊

俺はゾンビが実在すると信じている。今、目に見えないから、存在しないということはない。

ゾンビの映画もよく見る。部屋に斧を置いていたこともある。ウニが、どうして部屋に斧を置いているのだと聞くから、ゾンビが出た時のためだと言ってやった。死体には、斧が一番だ。

＊

殺されるのが、最も良くない。それだけは避けなければ。

＊

枕元の裁縫箱の中に、注射器を隠しておいた。致死量のペントバルビタールナトリウムも準備しておいた。牛や豚を安楽死させる時に使う薬だ。壁に大便を塗りつけるようになったら、使うつもりだ。あまり遅くなってはならないだろう。

＊

恐ろしい。正直なところ、ちょっと恐ろしい。

お経を読もう。

＊

頭の中がごちゃごちゃだ。記憶を失うにつれ、心は当てもなくさまよう。

＊

フランシス・トンプソン[*11]という人が、こんなことを言った。「我々は皆、他人の苦痛の中に生まれ、自分の苦痛の中に死んでゆく」。俺を産んだお母さん、あなたの息子はもうすぐ死にます。脳にぼつぼつと穴が開いて。ひょっとして、俺は人間狂牛病じゃないのか。病院が、隠しているのではないだろうか。

＊

久しぶりにウニと町に出て、中華料理を食べた。レモンソースをかけたチキンと、ユサンスル[*12]を注文したのだが、味がまったくわからなかった。味覚まで失われるのだろうか。職場について尋ねてみても、ウニはいつもと同じく、詳しいことは何も言わずに聞き流した。ウニはまるで、世の中のすべてのことは自分に何の影響も与えないみたいに話し、行動する。ええ、そこに勤めてはいます。それに、そこも人間の住むところだから、毎日何かが起こりますよ。でも、そんなことは私とは何の関係もないし、私にあまり影響を与えないんです、とでも言っているようだ。

ウニと俺の間には、あまり話題がない。俺はウニの生活を知らないし、ウニは俺が誰なのか知らない。それでも、最近、共通の話題が一つできた。俺の認知症だ。ウニは恐れている。恐れて、しきりにその話題を持ち出す。俺の認知症がひどくなり、それでもずっと死ななければ、ウニは仕事もやめて俺の介護をしなければならなくなるかもしれない。田舎の、ぽつんと離れた一軒家で認知症にかかった父親の看病をしたい若い女が、いるものか。認知症は退行性だから、治る見込みはない。だからさっさと死ぬのが、誰にとってもいいのだ。それにウニよ、俺が死んだら、いいことがもう一つあるぞ。俺が死ねば、お前は生命保険の保険金を受け取ることになる。お前はまだ知らないけれど。

十年以上前のことだ。連絡を受けてやってきた保険のプランナーは、加入額が意外に高額なのに、少し驚いたように見えた。四十代半ばぐらいに見受けられる女だったけれど、経験は浅いらしかった。専業主婦として子育てに専念していたのが、最近になって保険の営業を始めたのだろう。

「全額、お嬢さんの名義になさるんですか」

「家族は他におらんのです。妹が一人いましたが、早く亡くなりましてね」

「お嬢さんの心配もしなければいけないけど、ご自身の老後にも備えなくては」

「老後の備えはしてあります」

「今は昔より平均寿命がずっと延びてるじゃないですか。『長生きしすぎる危険』にも備えをしておかなければいけませんよ」

「長生きしすぎる危険」だと。最近の人は、おもしろい言葉をよく思いつくものだ。俺は何も言わず、保険プランナーの顔をじっと見つめた。「長生きしすぎる危険」を百パーセントなくしてしまう方法を、俺は知っていますよ。俺の視線に脅威を感じとったのか、女は少し委縮した。

「まあ、お客様のお好きなようになさいませ。それでも、備えは必要ですけど……」

女が書類をあわてて広げ、俺は次々とサインしていった。俺が死んだら、生命保険会社はウニに多額の保険金を支払わなければならない。だけど、万が一、ウニが俺より先に死んだら？ウニが誰かに拉致され、殺害されることを想像するのはつらい。それがどういうことなのか、誰よりもよく知っているから。

＊

俺は今まで、他人を口汚く罵ったことがない。酒も煙草もやらないし、人を悪く言ったりもしないから、よくクリスチャンかと聞かれる。人間をいくつかの型にはめて一生を過ごす馬鹿どもがいる。便利だろうが、少々危険だ。自分たちのそのみすぼらしい型に当てはまらない俺みたいな人間がいるなど、思いもよらないのだろう。

＊

朝、目を覚ました。見知らぬ場所だ。さっと起き上がり、ズボンだけはいて外に走り出た。見たことのない犬が吠える。靴を探そうとあわてていると、台所からウニが出てきた。うちだと言う。

よかった。まだウニは記憶に残っている。

五年ほど前のことだ。村の老人たちと、日本へ温泉旅行に行った。関西国際空港の入国審査で、審査官が俺に質問した。

“What do you do?”

俺はちょっといたずら心を起こして、Killing people と答えた。入国審査官は、俺の顔をちらりと見て、医者かと尋ねた。「キリング」を「ヒーリング」と聞き間違えたのだ。俺は黙ってうなずいた。獣医も医者には違いない。彼は日本に来たことを歓迎すると言いながら、パスポートにスタンプを押してくれた。

ヒーリングとは、よく言った。

*

苦しまずに死ねるということが、唯一の慰めだ。死ぬ前に馬鹿になるだろうし、自分が誰なのかすら、わからなくなるのだろう。

酒さえ飲めば、酒席での出来事をすべて忘れてしまう人が近所にいた。死とは、生というつまらない宴を忘れるためにあおる、毒入りの酒なのかもしれない。

＊

＊

ウニが携帯電話で友達に送ったメッセージを見た。

「ほんとうに、頭がおかしくなりそう。毎日が、とてもつらい」

友達は、慰めるつもりなのか皮肉なのかわからないことを返していた。

「親孝行だね。えらいよ」

「これからどうなるのかと思うと、怖い。認知症にかかると、人格も変わるんだって。もう、変わりかけているような気もするし」

「老人ホームに入れなよ。実の父親でもないのに、どうしてあんたが全部背負わなくちゃならないの」

友達のメッセージが続いた。罪の意識を持つな。どうせ覚えてないんだから。ウニの返信はこうだった。

「認知症でも、感情は残ってるんだって」

感情は残っている。感情は残っている。感情は残っている。一日中、この言葉を噛みしめた。

*

俺の人生は、三つに分けられると思う。親父を殺すまでの幼少年期。殺人犯として生きた青年期と壮年期。人を殺さずに生きた、平穏な日々。ウニは俺の人生の第三期を象徴する、すなわち、言ってみれば、お守りのような存在ではなかっただろうか。朝目を覚ましてウニを見ることが出来たら、俺は犠牲者を探してうろついた過去に戻らないですむのだ。

テレビを見ると、タイのある動物園で、雌ライオンが子供を亡くしてうつ病にかかったという話をしていた。餌も食べないし、運動もしない。見かねた飼育員が、子豚をライオンのオリに入れた。ライオンは子豚を自分の子供だと思って乳を飲ませて育てた。俺とウニの関係は、そういうものではなかっただろうか。

*

食欲がまったくない。食べると吐く。何かを食べたいのに、それが何なのかわからない。何もしたくない。これまでやったことのない酒と煙草をやってみたくなる。でも、結局は、やらないような気がする。

*

「つきあってる人がいるの」

ウニが言った。俺の記憶では——もちろん、今ではその記憶を信頼することもできなくなってしまったが——ウニが男の話をするのは、これが初めてだ。ふと、ウニの恋人を受け入れる準備がまったくできていなかったことに気づいた。ウニが男と一緒に暮らす姿を想像したことがない。今も想像できない。永遠に一緒にいるとでも思っていたのか。

ウニが中学生の時、男の子が何人か、家の近所をうろついていた。やつらは若く、俺は、その当時もすでに老人だったけれど、俺を見て逃げ出さないやつはいなかった。罵ったり、脅したりしたわけでもなく、静かにちょっと話しただけなのに、どういうわけか、皆、怖気づいたような表情で、しっぽを巻いて逃げ出した。いくら獰猛な犬でも動物病院に来ると、しっぽを巻き、キャンキャン吠えて飼い主を驚かせるものだ。十代の少年も犬と同じだ。初対面の眼光が、力関係を決定づける。

「それで」

「連れてこようと思って」

ウニの頬が赤い。

「家に連れてくるのか」

「うん」

「何しに」

「会わきゃいけないでしょ」

「俺が？　なぜ」

「あちらは、結婚しようって言うの」

「じゃあ、すればいい」

「そんな言い方しないで」

「人間は、最後は一人になるものだ」

「最後は死ぬのに、どうして生きるのよ」

ウニの低い声に、薄氷のような怒りがこもっていた。

「それも、もっともだ」

「あたしが結婚もしないで、一生お父さんだけを見て暮らしたらうれしい？」

俺が望んでいたのは、そういうことだったのだろうか。確信はない。わからないから、俺はこの話題を避けたい。

「ともかく、俺は会いたくない。結婚したけりゃ、勝手にしろ」

「また別の機会に話しましょう」

ウニが立ち上がって、部屋を出ていく。なぜか恥ずかしい。腹も立つ。なのに、理由はよくわからない。腹がすいたから、うどんを作って食べた。食べると、味が変だ。後から気がついた。醤油を入れなかったのだ。醤油がどこにあるのか、いくら探しても見つからない。新しく一本買わなければ。俺が死んだ後に、家のどこからか、数十本の醤油が発見されるのではなかろうか。

後片付けをしながら、また挫折。食べ残したうどんが、どんぶりに入ったまま流し台に置かれていた。今日の食事は、うどんだけ二杯。

＊

「私の名誉をかけて言うが、友よ」。ツァラトゥストラが答えた。「あなたの言うものなど、一つも存在しない。悪魔も、地獄もない。あなたの霊魂があなたの肉体より早く死ぬだろう。だからこれ以上、恐れるな」

まるで俺のために書かれたような、ニーチェの文章。

＊

殺人者として長生きして、良くないことが一つ。気持ちを打ち明けられる、真の友人がいない。ところで、他の人たちは、本当にそんな友人を持っているのだろうか。

＊

雷が大きな音で鳴り、稲妻が光り、竹林がざわざわした。一晩中眠れなかった。軒づたいに流れ落ちる雨の音が、ひどく神経に障った。以前にはとても好きな音だったのに。

＊

ウニが「つきあってる人」を家に連れてきた。こんなことは初めてだ。だから、今のウニは真剣で、深刻だ。そう受け止めるべきだ。手に汗を握る。

男が乗ってきた車は、四輪駆動車だった。ひと目で、狩猟用だとわかる。車の屋根にはサーチライトをつけただけでなく、バンパーの上にフォグランプを三つも増設している。こんな車は、トランクも水で洗えるように改造しているものだ。車両用バッテリーも二つほど増設して。狩猟シーズンになれば、こんなやつらが村の裏山に押し寄せる。ウニはハンターを夫として選んだらしい。

「初めまして。パク・ジュテと申します」

男が俺にクンジョル[*13]をする。俺もパンジョル[*14]で答えた。パクの背丈は百七十センチを少し超えるぐらいで小さいほうだが、顔がとても白く、体格はがっしりしていた。ところがよく見ると、額が狭くて目も小さく、下あごが細くとがった、典型的なねずみ顔だった。そんな人相をごまかすためか、水牛の角で作ったフレームの眼鏡をかけていた。どこかで見たような気もするし、初めてのような気もするが、この頃は記憶に関する限り自分はまったく信頼できないから、何とも言い出しかねた。ジョルを終えた男が、膝を折って先に座り、ウニが俺と男の間に座った。

「脚をくずして下さい」

「いえ、大丈夫です」

彼の言葉が終わるやいなや、すぐに言い放った。

「私は認知症なんだ。アルツハイマー」

ウニがはっと顔を上げて俺の顔を見た。抗議の気持ちがこもった目つきだった。

「ウニに聞いてるかね」

「聞きました」

「私がもし忘れてしまっても、気にしないでくれ。医者によると、新しい記憶からなくなると言うんでね」

「最近は、いい薬があるそうですが」

「いいと言ったところで、たかが知れてるさ」

ウニが梨とリンゴをむいて持ってきた。果物を食べる間に、男が自己紹介をした。

「不動産関係の仕事をしています」

「不動産だと」

「土地を買って、区画に分けて売る仕事です」

「土地を見に、あちこちを回るんだろうな」

「どうしても、歩き回らないといけませんね。女性と同じで、土地も他人の言葉を聞いただけでは、判断できませんから」

「以前に会ったことがあったような気もするが」

「いいえ、今日、初めてお目にかかりました」

男はにやりとして、上目遣いに俺を見た。

「どこかで見たかもしれないよ。この人、最近はこの近所にもよく来てるから」

ウニが口を挟んだ。

「小さな村ですからね」

男もあいづちを打った。

「この地方の出身ではないようだが」

男の話し方には、南の地方のイントネーションがかすかに残っていた。男はうなずいて肯定したけれど、俺の予想とは、やや違う返答をした。

「おっしゃる通りです。ソウルで生まれ育ちました」

「ウニと結婚したら、ソウルに行くつもりかね」

男はウニと俺の顔色をすばやくうかがった。

「ウニさんは、どこにも行きませんよ。お父さんがここにいらっしゃるのに、他の地方に行くものですか」

「あたしたち、町に住むの」

ウニが静かに手を伸ばし、男の手を触った。しかし男は、ウニの手を握らなかった。男の手が威嚇されたカタツムリのように引っ込み、こぶしを握る形になった。ウニも行き場を失った手を引っ込めた。一瞬の出来事ではあったが、気にかかった。

男が席を立つと、ウニも後を追った。ウニは、慣れた様子で狩猟用四輪駆動車の助手席に座った。乗り慣れていることは、すぐに見て取れた。ウニはウィンドウを下ろし、ちょっと町に行ってくると言うと、ウィンドウを閉めた。

門を閉め、家の中に入ってパクとの最初の出会いを、記憶がなくなる前に記録した。妙な気分だ。初対面なのに、俺はひどくあいつが嫌いだ。なぜだろう。俺があいつに、何かを見たのだろうか。それは、何なのだ。

*

暖房費が、とても高い。何もかも値上がりしている。

＊

ノートをひっくり返して、驚いた。あいつだった。こんなことが、あり得るのか。狐につままれたような気分だ。あいつは平気な顔で俺の家に入ってきた。それも、ウニの婚約者として。それなのに、俺はあいつが誰なのか、まったくわからなかった。あいつは俺が芝居をしていると思っただろうか。それとも、ほんとうに自分をまったく忘れてしまったと思っただろうか。

＊

本を読んでいると、ページの間からぱらりとメモが落ちた。ずいぶん前に書き写したものなのか、紙が変色している。

「混沌をずっと見続けていると、混沌があなたを見つめる。ニーチェ」

＊

「パク・ジュテと、どこで知り合った」

朝食の時、ウニに聞いた。

「偶然に。ほんとに偶然なの」

ウニが言った。世の人々が口癖のように言う「偶然」という言葉を信じないのが、知恵の第一歩だ。

＊

殺人が最もすっきりとした解決策になる時がある。常にそうだというわけではない。

＊

そうだ。パク・ジュテの連絡先。あいつが手で書いた連絡先。あれをどこに置いたのだろう。一日中探しても、連絡先を書いたメモ用紙が見つからない。家の中をすべてひっくり返しても出てこない。物を探すのが、だんだん難しくなる。

もしかしたら、ウニがこっそり捨ててしまったのだろうか。

「靴が逆ですよ」

近所の食料品店の女が、俺を見て笑った。それがどういう意味なのか、なかなか理解できなかった。靴が逆とは、どういうことなのだ。何かの比喩か？

＊

出勤したウニの机から、介護付き老人ホームの宣伝パンフレットを見つけた。

「心と体の安らぐ場所」

「ホテル並みの施設」

宣伝文句は華やかで、魅力的だった。ほんとうに、そこでは俺の心と体が安らぐのだろうか。

俺はパンフレットを閉じ、元の所に戻した。ウニは夢見ている。愛する男と結婚し、スイートホームをつくり……邪魔な俺は、老人ホームに入れて……。

これはウニの考えだろうか。パク・ジュテの悪だくみか。

＊

ウニの携帯電話から、パク・ジュテの電話番号を見つけた。町に出て買い物をするついでに、男の店員に頼んだ。年を取って良いことの一つは、人からあまり疑われなくなることだ。店員は宅配業者を装って電話をかけてくれた。

「送り状の住所がよく見えないんですが」

パク・ジュテは素直に住所を教えてくれているようだ。店員は書き留めた住所をくれて、言った。

「ところで、何なんですか」

店員がにこにこして尋ねる。

「孫娘が家出してね」

店員が笑った。なぜ笑うのだ。わかったということか。あるいは、嘲笑しているのだろうか。

＊

パク・ジュテを尾行した。彼は一日の大部分を家で過ごし、午後遅くに自分の狩猟用四輪駆動車で外出する。喫茶店のようなところに寄ることはほとんどない。時々、人の畑や果樹園の前に立って辺りを見回す。土地を見て歩いている不動産業者らしくも見えるが、それにしては人に会うことがあまりにも少ない。時には夜出かけて、はっきりとした目的もなしに道路を疾走することもあるようだ。彼が狙っているのは、動物ではないかもしれない、という強い予感がする。万が一、この予感が当たっているならば、これは神が俺に投げた高級な冗談だろうか。それでなければ、審判か。

*

パク・ジュテを警察に訴えることを、真剣に考慮した。あれ、何と言ったかな。裁判所が出すやつ。そうだ。令状。あれがなければ、やつの車や家を捜索することができないだろう。もし、捜索しても決定的な証拠を発見できなければ、無罪放免だ。そうしたら、やつは俺を疑うだろうし——すでに俺を警戒し、俺の周辺をうろついている——もしもあいつがほんとうに犯人なら、俺、またはウニを次のターゲットにするはずだ。やつの目で、俺たちを見てみる。山のふもとにぽつんと建った一軒家に住んでいる七十代の認知症老人と、か弱い二十代の女性。実にくみしやすいように見えるだろう。

＊

ウニを座らせて、パク・ジュテについて話した。俺が彼の狩猟用四輪駆動車と衝突した時、そのトランクに血を見たこと、その血がどれほど赤く、鮮明だったか。やつがどういうふうに俺から逃げたか。その後、どれほど長い間、俺の周辺をうろついていたか。そんなやつが「偶然」お前の前に現れたなら、それはどういうことなのか。お前がどれほど大きな危険に瀕しているか。

ウニは、我慢して聞いていたけれど、こう言った。

「お父さん、いったい何を言ってるの」

俺は再び説得を試みたけれど、ウニの反応は変わらなかった。俺の話はまったくつじつまが合わず、何のことだかわからないと言う。習ったばかりの英語でアメリカ人に一生懸命話しかけているような気分だった。最善を尽くして話し、相手も耳を傾けてくれているのに、意思疎通はまったくできない。ウニは、俺があの男をとても嫌っているということだけは理解した。ウニ。俺はあいつが嫌いなのではなく、お前に危険を警告しているんだ。お前はとても危険な男とつきあっている。そして、お前があいつに会ったのは、決して偶然ではないのだよ。

俺たちの会話は、ついに失敗に終わった。ウニはそれ以上我慢できず、焦った俺はいっそう舌がもつれる。いつもそうだが、言語は常に行動よりのろく、不確実で、曖昧模糊としている。今は行動が必要な時。

ウニの部屋から、忍び泣きがもれてくる。

*

町に出て防犯カメラのない所を慎重に選び、公衆電話で一一二番〈警察〉に電話した。受話器を服で押さえて声を変えた。俺は、狩猟用四輪駆動車に乗っているパク・ジュテという男が連続殺人犯らしいと言った。相手は最初、俺の言っていることがよく聞き取れなかった。

俺は、できるだけゆっくり、はっきりと、パク・ジュテの車について話した。今度は聞き取れたようだったが、あまり信じていないらしく、あなたは誰だと聞いた。俺は、自分に危険が及ぶから身元を明かすことはできないと言った。どうしてその人が犯人なのだと言うから、答えた。

「あいつの車を調べてごらんなさい。そこに血を見たんです」

確かに何かしに部屋に入ったのに、それが何だったのか、ちっとも思い出せなくてしばらくぼんやり立っていた。俺を操縦していた神が、操縦桿《かん》を手放してしまったらしい。何をすべきかわからないまま、しばらくぼうっとしていた。もしパク・ジュテを殺す時に、こんな瞬間が訪れたら、どうしよう。

＊

テレビを見ると連続殺人事件の容疑者一名が任意同行の形で調査を受けたが、疑わしい点がなく、すぐに帰されたと言っていた。警察はパク・ジュテをどうしてそのまま解放したのか。ほんとうに、何も探せなかったのだろうか。時代が変わっても、あいつらは相変わらずぼんくらだ。

＊

もう、俺が自分であいつと対決しないといけないということか。それしか方法がないのか。

＊

生まれて初めて、必要に迫られて犯す殺人について考え始めた。ずっと趣味でオーディオを収集していた男が、会社の指示でイベント用のアンプを買いに行くことになれば、こんな気分になるのではないか。

＊

俺の生涯の最後にやるべきことが決まった。パク・ジュテを殺す。それが誰であるのか、忘れてしまう前に。

＊

雷に打たれて息を吹き返してから、突然音楽の天才になった人の話を聞いたことがある。習ったこともないピアノを弾き、狂ったように作曲をして、オーケストラを指揮するようになったアメリカ人。ところが俺は交通事故で脳を損傷して以来、殺人に興味をなくし、平凡な人間になってしまった。そうして二十数年間生きてきたのに、今になって衝動のない殺人、必要に迫られて犯す殺人を準備している。今、神は俺に、自分の犯した悪行の精神を、自ら陳腐なものにするよう命令している。

*

認知症患者は一度に複数のことを同時に行うのが難しくなると、医者が教えてくれた。やかんをガスレンジにかけて他のことをすれば、十中八九、焦がしてしまう。洗濯機を回しながら皿洗いをする程度のことすら、難しくなるかもしれないと言う。女性の場合、一番最初に、料理ができなくなるそうだ。料理は意外にいくつものことを同時に、計画的にこなさなければならない。

「何でも単純にするのが、いいでしょう。そして一度に一つのことだけするように、癖をつけて下さい」

医者の忠告を受け入れることにした。当分の間、俺に残されたすべての能力を総動員しなければならない。やつは手ごわい相手だ。若く健康なうえに銃で武装している。短期間にウニを誘惑して結婚の約束を取りつけることができるほど、口もうまい。ウニに接近したのには、二つの目的があるはずだ。一つは、俺を調べることで、二つ目は、ウニを殺すことだ。必要なら、俺も片付けるだろう。やつはすでに、俺がアルツハイマーにかかっていることを知っている。わざわざ殺さなくてもいいと判断すれば、無理はしないはずだ。俺よりもウニによだれを垂らしているだろう。その前にやつを始末しなければならない。マスコミの報道から推測すると、やつは若い女を拉致して、ゆっくり拷問したあげくに殺しているようだ。

二十五年ぶりに、俺が最も得意な分野に戻ってきた。だが、俺はあまりにも年老いてしまった。二十五年前より良くなったことがあるとすれば、安全な退路を確保しないでもよいということだ。狩りは、追跡と捕獲が、プロセスのすべてだと言うことができる。その反面、殺人はターゲットを殺すことより、安全に抜け出すことが先だ。殺すのも重要だが、捕まってはならない。今度は違う。俺のすべての力を、やつを殺すことに使うのだ。したがって今回は、殺人ではなく、狩りだ。

狩りは、まず第一に、獲物が通る道を探す。次には、首を狙って潜伏する。たった一度のチャンスを逃さずに殺すのが三つめだ。失敗したら、また最初からやり直す。

*

パク・ジュテを殺すと決めて以来、突然食欲が戻った。夜もよく眠れるし、気分もいい。これは、ウニのためにやることなのか、自分が好きでやっていることなのか、だんだんわからなくなってきた。

＊

パク・ジュテは二階建ての洋館の一階と地下を使っているらしい。小さな畑の外側を回ってみると、牛舎として使われていた建物が見えた。牛舎の中には四輪駆動車があり、車の後部が建物の外にはみ出ている。門を押し開けて庭に入らない限り、家の動静をうかがうことはできない。萩の木で造られた垣根を巧妙に配置して、外からの視線をほとんど完璧に遮断している。こんな家は、プライバシーは守れるかもしれないが、外部からの侵入者には弱い。入りさえすれば中で何をしても、外からはわからない。つまり、パク・ジュテは外部の敵に対しては、まったく警戒していないのだ。自分の家は自分一人でじゅうぶん守れる。唯一気になるのは外部からの視線だ。家の主人のそんな考えを、家は静かに示している。

二階には婆さんが一人で暮らしているが、七十はとっくに過ぎていそうだ。パク・ジュテとは、どういう関係だろう。間借りしているのか、それとも家族なのか。ともかく、婆さんが邪魔になることはなさそうだ。腰は曲がっているし、動きも不自由だ。

疲れた。今日は、ここまで。

*

出勤の準備をしているウニの首が赤い。手で首を絞めた時にできる痕跡だ。ウニに尋ねる。その首はどうしたのかと。ウニは反射的に首を引っ込める。まるで、首というものをなくしてしまおうとするように。俺はウニを問い詰めた。あいつの、パク・ジュテの仕業なのかと。

「あの人のことを、あいつなんて言わないで」

「そんなら、その首は、どうした」

ウニは、俺が部屋に入ってきて首を絞めたのだと言う。信じられないが、信じないわけにもいかない。俺に関する限り、すべてのことが。

「ほんとうに、どうしたの。お父さんはそんな人じゃなかったじゃない。まるっきり頭のおかしい人みたいだった。あたし、死にかけたんだから」

「嘘だ。それは嘘だ」

「何であたしが嘘を言うのよ。お願いだから、もう、現実を受け入れてちょうだい。お父さんは認知症なの」

ウニは認知症という言葉を、ハンマーのように振り上げて俺を打ちつける。力が抜けた。ぼんやりとした記憶すらない。途方に暮れた。ほんとうに、俺がそんなことをしたのなら、ウニが生きているのは奇跡だ。俺は、腕の力がとても強い。俺はウニに謝る。そして、これからはドアにカギをかけて寝ろと言う。ウニは洟《はな》をかみ涙を拭くと、決然とした表情で、この間見た老人ホームのパンフレットを引き出しから出してきた。俺は顔をそらす。しかしウニは、伸ばした手を引っ込めようとはしない。

「お父さん、あたし、つらい。それにお父さんのためにも、ここに入るべきだ。あたしがいない時に、何かあったらどうするの」

理解できる。寝ているうちに首を絞められて死にたい人がいるものか。

「わかった。読んでみるよ」

我が国の法律では、ウニはいつでも俺の同意なしに俺を精神病院に入れることができる。電話すれば救急車が来て、がっしりした男たちが拘束衣を着せ、閉鎖病棟に連れてゆく。それでおしまいだ。家族が同意しない限り、患者は外に出ることができない。遺産相続に不満を持った家族が示し合わせて酒に酔った家長を精神病院に入れ、財産を山分けするケースも見た。俺はすでにアルツハイマーだと診断された状態だから、ウニが決心しさえすれば、俺を処理することができる。今すぐにでも。

精神病院よりは老人ホームがましだろう。だが、まだどこにも行きたくはない。何やかやで、自由な時間があまり残されていない。

「あたしと一度、見に行こうよ。見るだけでもいいんだって」

ウニが俺の手を取り、心をこめて言う。俺はそうすると答える。ウニが出勤した後に思い出した。俺はウニの母親を、首を絞めて殺した。

*

語学用の録音機を買い、ひもで首から下げた。何かをしようとするごとに、どんなに簡単なことでも、まず録音するのだ。そのうえで、そのことをする。している途中で忘れてしまえば、録音機の再生ボタンを押す。すると、ついさっき録音した言葉が聞こえる。そうしたら、またそのことをする。

「トイレに行って小便をする」と言った後に、トイレに行く。「お湯を沸かしてコーヒーを飲む」と言ってから、お湯を沸かす。数分前の俺が、数分後の俺に命令を下すのだ。俺という人間は、こうして果てしなく分離する。何も思い浮かばない時も、首にかけた録音機を見れば、反射的にボタンを押す。今のところは切実に必要なわけではないけれど、病状が悪化するのに備えてのことだ。何度も何度も繰り返して、体に覚えさせなければ。

*

再び、ウニとの対話を試みる。俺の話を聞いたウニが、声を殺して泣く。ウニは、どうして泣くのだろう。俺はただ、危険を警告しているだけなのに。何があんなに悲しいのか。心配してやっているだけなのに。俺に、あんな複雑な感情は、とてもじゃないが理解できない。あれが悲しみなのか、怒りなのか、感傷なのか、見当もつかない。ウニは濡れた目で訴えた。これ以上、パク・ジュテを悪く言うな。聞くのがつらい。彼は真面目で善良な男性だ。結婚相手のことを連続殺人犯だなんて、ひどすぎる。証拠もなく、人をそんなふうに疑ってどうするのだ、と。ともかく、俺の言いたいことが、ほとんど正確にウニに伝わってはいるらしい。それだけでも幸いだ。少なくとも、ウニの心に、やつに対する疑念を植えつけることには成功したのだから。無敵の将軍オセロを破滅させたのは、イアーゴーがささやいた、小さな疑念だった。

「実の父親でもないくせに」

その言葉を最後に、ウニは部屋を出ていった。ほんとうのことだけれど、なぜかひどく侮辱されたような気がした。

*

家で横になっていると、誰かが、うちの中庭に踏み込んでくる。制服を着た五人の若者。一瞬、警察かと思った。

「こんにちは」

男が三人、女が二人。誰だと尋ねると、警察大学校の学生だと言う。

「どういうご用件で」

グループごとに与えられる課題を実行しているところだそうだ。迷宮入り事件を選んで調査する課題だと言う。彼らは数枚の記事のコピーを俺に示した。全部、俺がやった事件だ。今さらながら、不思議だ。数十年前のことが、驚くほど鮮やかに思い出されるというのが。

「私たちはこれらの事件が、実は連続殺人であると考えているんです。当時はそんな認識はありませんでしたが」

若い警察幹部候補生たちは、うれしそうに話す。女たちはきれいで、男たちはすらりと背が高い。連続殺人について話しながらも、唐突にきゃっきゃと笑いだしたりもする。お前ら、FBIごっこが、よっぽど楽しいんだな。

「私には、いったい何のことだかわからんね。今、どうしてうちに来て、こんなに騒ぎたてるんだ」

返答の代わりに、まるで演劇の一場面のごとく、新しい人物が一人、登場した。五十代半ばほどに見受けられる男。警察大学校の学生たちが、一斉に立ち上がってその男に敬礼した。

「もういい、座れ」

新しい登場人物は、アン刑事だった。彼が名刺を出してあいさつをした。学生たちだけで行かせることもできないので、自分が同行したのだと。ことさらに無関心を装ってぼんやり座っているけれど、職業的な習慣で、視線は家のすみずみまで観察している。

「話を続けろ」

アン刑事の言葉に、警察大学校の学生たちは、さらに上気した顔で、俺に向かって説明する。

「この事件の現場を線でつないでみたんです。これを見て下さい」

学生たちが地図の上に引いた線は、八角形を作っていた。その八角形の中心部に、俺の住む村があった。顔が小さく鼻がつんと尖った女子学生が、目を輝かせて地図を指さす。

「私たちは、犯人がいるなら、この地域……」

この辺りだ。

「……だろうと推論したんです。もちろん、今はここに住んでないでしょうけれど」

早まった結論。居眠りをするみたいに座っていたアン刑事が、思わずはっと顔を上げて、学生たちをにらみつけた。

「この近所ですと」

「お宅はこの地域でずっと住んでいらっしゃるから、ひょっとして当時、怪しい人物を見かけたことがおありではないかと、うかがいに来たんです」

「当時はスパイが多かった。ここは北に近いから、三十八度線を越えてくる人が多かったよ。一緒に遊んでいた友達が、突然、何日も姿が見えなくなると、私たちは、『叔父さんが来たらしい』と言っていた。北から来た叔父さん。口を閉ざしていたけれど、みんな気づいてはいた。他の地方から来て登山をしている時に、スパイの嫌疑をかけられて取り調べを受けた人もたくさんいた」

「私たちはスパイを捜しているんじゃないんです」

一番背の高い男子学生が、我慢しきれないように割って入った。俺は手を上げて彼を制止した。

「つまり、私が言いたいのは、当時は怪しい人物がいたなら、すでに何度もスパイとして捕まっているはずだということだ。スパイを申告すれば、報奨金でいい生活ができた時代だったからな」

「ああ、スパイとして捕まって、釈放された人の中に犯人がいるだろうとおっしゃるんですね。ところで、それはどうやって調べればいいかな」

背の高い学生は、仲間に聞いた。

「交番に、そういう記録が残ってるだろうか」

「ない」

ちょっと離れた所に座っていたアン刑事が、きっぱりと言った。

「ないんですか」

面長の女子学生が、アン刑事に、問いただすように聞いた。軽い非難の気持ちがこもっていた。自信に満ちた警察大学校の学生たち、アメリカのドラマCSIシリーズみたいなものを見て、警察官になるのを夢見ていた子供たちは、田舎の暴力犯担当刑事など、眼中にもないのだろう。ところで、お前たちなら、その時、お前たちがこの地域の警察官だったなら、果たして俺を捕まえられただろうか。記録をひっくり返してみたら、がっかりするはずだ。初動捜査はでたらめで、警察署間の共助もろくにできておらず、せっかく捕まえた容疑者たちは、すべて無罪として釈放された。その中の数名は取り調べ中に拷問され、民主化以後に政府を訴えて補償金を受け取ったんだぞ。

アン刑事が言った。

「八〇年代が、どういう時代だったのか知ってるのか。江原道《カンウォンド》警察もヘルメットをかぶってソウルの大学の正門前で火炎瓶を投げつけられていた時代だ。田舎で人が何人か死んだぐらいで、誰も気にするわけがないだろう」

アン刑事は立ち上がると庭に出て、煙草を吸った。警察大学校の学生たちも続いて立ち上がった。皆が靴を履いている間に、男子学生の一人が俺にささやいた。

「アン刑事はその事件のうちの何件かを担当していたそうです。まだ週末になるとその犯人を捕まえると言って歩き回っているらしいですよ。どの事件も時効になっているのに。何か、わだかまっているものがあるんでしょうね」

庭に立っていた女学生の一人が、付け加えた。

「田舎の人には気をつけなきゃ。見かけより、しつこいんだから」

若い人たちは自分が何を言っているのか理解していない。そこがいい。

煙草を吸っていたアン刑事が、ふと思い出したように、また縁側に近づいてきた。

「ご家族は」

「娘がいます」

「ああ……」

ずっと独りで暮らしている男。一匹狼を捜しているのだろう。学生たちが外に出て近所を見ている間、アン刑事は彼らについて行こうとはせずに、縁側に腰かけた。

「ご主人を前にして、こんなことを言うのも何ですが、年を取ると、あちこちが故障しましてね」

彼が膝をたたいた。知らない人が見れば、俺とアン刑事は同じ村の昔なじみのように見えるだろう。

「どこが悪いんですか」

「糖尿、関節炎、血圧、どこもかしこも、悪いところだらけで。これもすべて、張り込み捜査のせいです。うんざりですよ」

「もう、静かな所で楽になさったらどうです」

「墓に入れば、その時は楽になるでしょう」

「まったくです。墓の中が、一番楽でしょうな」

しばし沈黙が続いた。

「誰でも一つぐらいは、あるじゃないですか。死ぬ前に絶対に始末しておきたいと思うようなことが」

刑事が言った。

「そうですねえ。私も一つあります」

俺があいづちを打った。

「どんなことですか」

「まあ、ちょっとね。さっき学生たちの話では、まだその犯人を捜しているそうですな。捕まえたところで、何になるんです。刑務所に入れることもできないでしょうに」

「自分でもよくわからないんです。どうして、あの事件に引き戻されてしまうのか。最近になって、いっそうひどくなりました。それに、今でも事件を忘れないで犯人を捕まえようとしている人がいるってことぐらいは、そいつに知らせてやらなければ。枕を高くして寝られないように」

アン刑事。お前は知っているのだな。殺人が何であるのか。血まみれの現場が、どういうものなのか。殺人という、不可逆的な行為の力を。そこには俺たちを深く引きずり込む魔力がある。ところでアン刑事、俺はいつだって枕を高くして寝ているぞ。

「とにかく、刑事さんも健康に注意なさい。私はこのところ、やたら物忘れがひどくて」

「お年のわりには、お元気ですが」

「私の年を知ってるんですか」

彼が、ぎくっとしたのがわかった。俺は知らぬふりをして、話題を変えた。

「医者が言うんです。脳がだんだん縮んでいると。将来は、乾ききったクルミのようになるんでしょうな」

アン刑事は何も答えない。

「明日になったら、刑事さんがここに来たことも、忘れているかもしれませんよ」

＊

警察大学校の学生たちが帰っていった後も、興奮は冷めなかった。彼らの前で、すべてぶちまけてやりたかった。最初の殺人から、最後の殺人まで。今も記憶に新しい、さまざまな事件のすべてを。きらきらした目で俺の話を聞くだろうな。お前たちが見ているその記録には、主語がないだろう。目的語と述語だけが並んだ、不完全な記録。そこに「姓名不詳」とされている、その名前。俺が、まさにその名前、その主語なのだ。そう言ってやりたくてたまらなかった。だが、何とかこらえた。まだ、やるべきことが一つ残っている。

＊

町に行ってきた。その間に、誰かが家に来た形跡があった。目立たせないようなやり方ではあるが、確かに家の中を引っかき回されている。物がいくつかなくなって、いくら探しても見つからない。持ち去ったのに違いない。泥棒か。今まで、家に泥棒が入ったことはなかった。夕方、帰ってきたウニに、家に泥棒が入ったと言った。ウニは憐れむような目で俺を見て、そんなことはないと言う。何がなくなったのだと聞かれて、思い出せなかった。しかし、確かに何かがなくなっている。そう感じられる。それなのに、言葉にすることができない。

「認知症にかかると、みんなそうなんだって。嫁や看護師を泥棒だと言ったり」

そう、それを「物盗られ妄想」と言う。俺もそれは知っている。だけど、これは妄想じゃない。確かに何かがなくなってるんだったら。日記と録音機は身に着けているから大丈夫だったが、他の何かが消えている。

「そうだ、犬がいない。犬がいなくなった」

「お父さん、うちに犬なんかいないでしょ」

妙だ。確かに、いたような気がするのだが。

＊

俺の故郷の大通りでは、桜がきれいに咲いた。春になると、植民地時代に植えられた桜のトンネルの下に花見客の長い列ができた。桜の花が咲き乱れる季節には、俺はわざわざその道を避けて通った。花をずっと見ていると怖くなった。猛犬なら棒で追い払うけれど、花はそういうわけにいかない。花は猛烈で、赤裸々だ。あの桜の道が、しきりに思い出される。何がそんなに怖かったのだろう。ただの花なのに。

*

俺は一度も逮捕されたり、拘束されたりしたことがない。それなのに、刑務所に対しては常に考えざるを得なかった。乱れた夢の中で、俺はいつも、行ったことすらない刑務所の廊下を歩いていた。俺は自分の部屋を見つけられなくて困惑している。時には、人のおおぜいいる部屋に配置されて入ると、俺の殺した人たちが明るい笑顔で俺を待っていたりした。

テレビや小説を通じて見た刑務所は、鉄の世界だという印象を与えた。がちゃがちゃという音とともに開く鉄の門。高くそびえた塀の上を花のように飾る鉄条網。締めつける手錠と足かせ。かたかた音を立てる囚人たちの食器とトレー。さらには彼らの着る囚人服の色も鉄を思い起こさせる。

人はそれぞれ、救いのイメージがあるはずだ。暖かい日の差すイギリス風の庭園と芝生かもしれないし、ベランダに植木鉢を並べたスイス風の伝統家屋かもしれない。俺は、いつも刑務所を思い浮かべた。脇と股と全身の汗腺から汗の臭いを漂わせる荒くれ男たちを思った。囚人たちは厳格な序列に従って俺を服従させるだろうし、その中で俺は徹底的に自分を忘れることができるような気がした。少しも休まず、せっせと動いていた俺の自我を眠らせることができるような。

俺は懲罰房についての幻想も持っている。棺を連想させる狭い部屋に閉じ込められて、後ろ手に手錠をかけられたまま舌で食器をなめる場面を、何度も思い浮かべた。俺はひどく痛めつけられ、気を失って、俺が出てきた世界、土の世界を極度に渇望しながら、あがくだろう。その想像はかなり心地よい感覚に俺を導いた。もしかすると俺はあまりにも長い間、独りですべてのことを決定し、執行する生活に疲れていたのかもしれない。俺の悪魔的な自我の自律性をゼロにする世界。俺にはそこが刑務所であり、懲罰房だった。俺が誰かれとなく殺し、埋めることのできない場所。そんな想像すらできなくなる場所。俺の肉体と精神が徹底的に破壊される所。俺の自我を永遠に失わせる所。

＊

運動場。ぞくぞくと集まってきた人たちが思い出される。北から共産党のゲリラが送り込まれた、アメリカの軍艦を拿捕《だほ》した、大統領夫人を狙撃したと言って、人々が集まり、糾弾大会を開いた。弁士たちが出て、声高らかに、赤い豚・金日成《キムイルソン》を引き裂いて殺そう、共産党を追い出そうと叫んだ。小さな子供たちは一番前に座り、演壇を見上げていた。何が起こるのか、俺たちは知っていた。俺たちは血の噴出、身体の切断というスペクタクルを待っていた。

「あいつだ」

友達の一人が、演壇の後ろに座った若い男をさして言った。

「今日は、あの人だぞ。絶対」

「どうしてわかるんだよ」

「チンピラじゃないか」

なるほど、彼は際立っていた。彼以外は皆、地域社会の有志たちだ。道知事、警察署長、将軍、教育委員会の教育長に、校長たち。ただ彼だけが、体を張って生きてきた人間特有の緊張に満ちていた。胸はたくましく、洋服のボタンがとまらないほどだった。

しばらくすると、友達が指さした男が拍手を浴びて演壇に上がった。糾弾大会は頂点に達しようとしていた。興奮して泣き叫び、倒れる女たちが続出した。彼が現れると、木綿のチマチョゴリを着た女性二人が、紙を捧げ持ってその前に座を占めた。彼は、「共産党の犬野郎を、地球上から撲滅しよう」と叫び、懐からナイフを取り出した。女たちが悲鳴を上げ、目を覆った。彼はためらいもなくナイフで自分の小指を切り落とした。

滅共《ミョルゴン》*15

二人の女が、彼の書いた血書を両側から持って、高く掲げた。それに合わせて軍歌「滅共の松明《たいまつ》」が、軍楽隊の演奏で運動場に響きわたった。美しいこの山河を守る我々。男の気迫で今日を生きる。砲弾の火の海を進み、故郷の地、父母兄弟の平和のために。戦友よ、自分の国は自分で守る。滅共の松明の下、命をかける。

運動場の片隅に待機していた救急車から、医療陣が降りて彼のところに駆けつける。彼はいらない、いらないと叫ぶ。自分の血を見た若いチンピラは、極度に興奮している。包囲された獣のように四方を見回しながら、荒い息を吐く。後ろに座っていた警察署長が近寄り、何かささやくと、ようやく静まる。医療陣が彼を連れて演壇を下り、止血した。

糾弾大会が開かれるたびにチンピラが演壇に上がり、指を詰めて滅共を叫んだ。演壇に血が飛び散ると、糾弾大会が終わったような気分になった。噂によると、警察が暴力団に協力を求めるということだった。それなら、ヤクザの親分が演壇に上がる部下を指定するのだろう。俺は気になった。あのたくさんの糾弾大会をこなせるだけの数のチンピラが、各地域にいるのだろうか。ところが、ある日突然、そんな大会はなくなってしまった。大統領が側近に銃で撃たれて死んだのだ。

人々が共産党という幽霊を捕まえに歩いていた頃、俺は俺だけの狩りを続けていた。俺が一九七六年に殺したある男は、武装スパイによって殺されたと公式発表された。

「犯人は被害者を残忍に殺害した後、すぐ北に帰ったと思われる。その残忍さからして、北のスパイによる犯行であることは明らかだ」

幽霊による殺人だから、犯人を捕まえる必要もなかった。

*

町から帰る途中、村の入り口で見慣れない男に出くわした。若い男が腕組みをしたまま、俺の目を真正面からにらんでいた。誰だろう。あんなに堂々と俺をにらみつけるのは。恐ろしく、また不安だった。長い間の思考習慣から、最初は刑事だと思った。家に入り、ノートをめくっていて気づいた。あいつはパク・ジュテだ。

あいつの顔はどうしてこんなに俺の記憶に入力できないのだろう。じりじりする。ともかく、忘れないうちに書いておく。やつは何度も俺の前に姿を現したと。

＊

ウニがまた、老人ホームの話を持ち出した。見学だけでもしてみようと言う。ふと、認知症にかかった老人たちがどんなふうに暮らしているのか、知りたくなり、行ってみることにした。それなのに、ウニが怒った。どうして怒るのだと言うと、俺が「いつそんなことを言った」と言って、突然ごねだしたのだそうだ。

「俺が？　覚えてないけどな」

ウニは再び俺を説得する。だから俺はすぐにウニについて出かけた。後で録音機を聞いてみると、車で向かう途中ずっと、俺はウニに質問している。今どこに向かっているのだと。ウニは忍耐強く答える。「お父さんが老人ホームに行ってみたいと言うから、今、向かっているの。ただ、見学するだけ」

ウニはカメラで老人ホームのあちこちを写真に撮った。後で俺が思い出すのに役立つだろうと言いながら。俺は録音をして、メモを取った。

老人たちは平和に見える。集まってボードゲームをしている老人たちに交じって、しばらく座っていた。彼らは俺を歓迎した。ブロックを積み上げるボードゲームは、うまくできなかった。崩れ、また崩れた。それでも彼らは楽しんでいた。

「ほら、みんな楽しそうじゃないの」

ウニが俺に言った。ウニは知らない。俺が求めていた楽しみに、他人の入る隙はないことを。俺は他人と一緒にすることから喜びを得た記憶がない。俺はいつだって自分の内面に深く沈み、その中で持続する快楽を求めていた。ヘビをペットとして飼っている人たちがハムスターを購入するように、俺の中の怪物も、常に餌を必要としていた。俺にとって他人はそんな時にだけ意味を持った。老人たちが手を打って喜ぶのを見ると、俺は即座に彼らを嫌悪するようになった。笑うということは、弱いということだ。他人に自分の無防備な状態をさらけだすということなのだ。自分を餌として提供するという信号だ。彼らは無力で、低俗で、幼稚に見えた。

ウニと俺は老人たちが話をしている休憩室にも入ってみた。彼らの会話はかみ合わなかった。重症の痴呆患者が意味のないことをくどくどと繰り返し、他の患者たちはそれを聞いて各自思い浮かんだことを、同時にしゃべっていた。別におもしろいことを言ったわけでもないのに、爆笑した。俺たちを連れて歩いていたソーシャルワーカーに、ウニが言った。

「お互いの言うことをどう理解して、あんなふうに会話をするんでしょうね」

そんな質問をされたのは一度や二度ではないらしく、ソーシャルワーカーは即答した。

「お酒に酔った人たちも、自分たちはおもしろがって話してるじゃないですか。会話を楽しむのに、知力は必ずしも必要じゃないんですよ」

＊

メモ用紙に「未来の記憶」という言葉が、何の脈絡もなく記されている。何かを見て書き留めたのだろうか。俺の字であることは確かだが、どういう意味だか、いくら考えてもわからない。過ぎたことを覚えるのが記憶ではないのか。それなのに、「未来の記憶」だと。いらいらして、インターネットを検索してみると、「未来の記憶」とは、これからすることを記憶するという意味だった。認知症患者が一番先に忘れるのは、まさにそれだという。「食事の三十分後に薬をのんで下さい」というような言葉を覚えるのが、未来の記憶だそうだ。過去の記憶を失うと自分が誰なのかもわからなくなり、未来の記憶ができなければ、俺は永遠に現在にのみ留まることになる。過去と未来が存在しないなら、現在に何の意味があるのだ。しかし、どうにもならない。レールが途切れたら、汽車は止まるほかないのだ。

とにかく、重要なことが控えているのだから、心配だ。

俺は静かな世の中が好きだ。都会には住めない。あまりにも多くの音が、俺に向かって押し寄せてくる。あまりにも多くの標識、看板、人々、それに彼らの表情。俺は、そういうものを解釈することができない。恐ろしい。

＊

久しぶりに集会に出た。地域の作家たちも、もうずいぶん年老いた。一時期は情熱的に小説を書いていた一人の男は、族譜〈家系図〉を研究している。気持ちが、死者たちに向かい始めたのだ。詩を書いていた何人かは、書道に夢中だ。それもまた、死者に属している文化。

「今は、他人の書いた文章の方が好きだな」

ある老人が語る。他の老人が、あいづちを打つ。

「東洋の芸術ってのは、もともと模倣が基本なんだ」

年を取ると、誰しも東洋に回帰する。

実業系高校の校長を務め、引退した老人がいる。その時の肩書に従って、皆がパク校長と呼

＊

ぶ彼が俺に、今でも詩を書いているのかと聞く。

「書いてるさ」

見せてくれと言う。

「見せるほどのものじゃない」

「でも、偉いな。今でも書いてるなんて」

「書こうとしているところだ。でも、うまくいかんねえ。年かな」

「何についての詩なんだ」

「いつもと同じだよ」

「また、例によって、血、死体、そんなのが出てくる詩か。こいつめ、年取ったんだから、もうちょっと素直になれよ」

「ずいぶん素直になったさ。それはともかく、死ぬ前に、まともな詩を一つ書きたいと思うね」

「そう思うなら、後回しにしないで、絶対に書くべきだよ。明日の朝、目を覚ますかどうか、わからんからな」

「俺が言いたいのは」

俺たちは一緒にコーヒーを飲む。俺は話す。

「最近、昔読んでいた古典文学をまた読んでる。ギリシャの」

「何を読んでるんだ」

「悲劇や叙事詩なんか。オイディプスも読むし、オデュッセイアも」

「そんなの、目に入るのか」

校長は老眼鏡をいじりながら言う。

「年取ったからこそ、見えるものもあるよ」

トイレに行って録音機を確認する。全部、ちゃんと録音されている。

*

本棚で、いい詩が書かれた紙を見つけた。感嘆して何度も読み返し、暗記しようとしたけれど、それは俺の書いた詩だった。

*

ノートを見て、また驚いた。警察大学校の学生たちがうちに来たことが、きれいさっぱり脳裏から消えていた。もう何度もそんなことがあったのに、ちっとも慣れない。忘れてしまうのとは違う。そんなことは、そもそも起こっていないように感じられる。南極探検記や犯罪小説の一ページを読んでいるような気分だ。なのに、字は確かに俺の筆跡だ。記憶はまったくないけれど、また書いておく。昨日、警察大学校の学生五人とアン刑事という人が訪れた。

＊

この頃、昔のことばかり鮮やかに思い出される。

俺の最初の記憶。中庭の真ん中に置かれたたらいの中に座り、水をばしゃばしゃさせている。おそらく俺は、入浴していたのだろう。たらいに体がすっぽり入ってしまうぐらいだから、三歳か、それ以下のはずだ。ある女の顔が、俺の顔にくっつきそうなほど近い。母だろう。周囲には他の女たちも行き来していた。母は俺の体を、まるで市場で買ってきたタコのようにひっくり返しながら、ごしごしと荒っぽく洗った。首筋に母の息づかいが感じられた瞬間がはっきり甦り、日光がまぶしくて目をしかめたことも思い出した。妹の記憶がないところを見ると、まだ生まれていなかったか、どこか他の所にいたらしい。入浴が終わる頃、母が突然手を伸ばし、俺のおちんちんを握って何か言っていた記憶があるのだが、それから後のことは、もう思い出せない。おちんちんを引っ張られているのに、どうして尻が痛いのだろう。変だと思ったこと。そして、どこかで女たちがきゃっきゃと笑っていたことしか。

*

人間は時間という監獄に閉じ込められた囚人だ。認知症にかかった人間は、壁がだんだん狭くなる監獄に閉じ込められた囚人だ。そのスピードがだんだん速くなる。息が詰まる。

*

警察大学校の学生たちが訪れたというのが、どうにも気にかかる。パク・ジュテを捕まえるのに障害になりはしないか。

*

一晩中、ウニが家に戻らなかった。最悪のことを想像し、心の準備をした。夜が明け次第、やつの所に行こうと決心して、すべての準備を終えた。そのうち、うとうとした。気がつくと、ウニが帰ってきて、また出ていった形跡があった。太陽が、真上に来ていた。

反抗しているのか。

＊

ノートを見たり、録音された内容を聞いたりすると、まったく覚えていないことが記録されていたりする。記憶を失いつつあるのだから、当然だ。記憶にない俺自身の行為、考え、言葉を読むのは妙な気分だ。若い時に読んだロシアの小説を久しぶりに読み返すような感じだ。背景も見慣れているし、登場人物も知っている。それなのに、新しい。こんな場面があったかな。

＊

ウニに、昨夜、どうして家に帰らなかったのかと聞いた。ウニは髪をしきりにかき上げながら、俺の視線を避けた。聞きたくないことを我慢して聞く時の癖だ。その癖に、幼いウニの姿が浮かぶ。何も知らずに俺に頼りきっていた、いたいけな子供が。

「もう、過ぎたことなんだから」

ウニが話題を変えようとした。

「今までそんなことはなかったのに、どうしてだ。どこに泊まった」

「どこに泊まったら、どうだってのよ」

ウニが、いつになく口調を荒げる。あんなにかっかとするところを見ると、あいつと一緒にいたことには間違いない。もう、弁解すらしないウニ。どのみち、俺が全部忘れると思っているのだろう。俺がこんなに、必死で記憶を留めようとしていることも知らずに。

「あいつは青ひげだぞ[*16]」

「何ひげ？　あの人、ひげ生やしてないよ」

ウニは教養が不足している。

*

あいつはなぜ、ウニを生かしておくのだろう。一種の人質なのだろうか。俺が警察に届けられないように、ウニを近くに置いているのか。そんなことをするより、先に俺を片付けてしまえばいいものを。何をためらっているのだ、パク・ジュテ。

ウニが友達と電話している。俺はこっそり部屋のドアに耳を当てて盗み聞きした。ウニはパク・ジュテにぞっこんらしい。あいつの話ばかりしている。彼がどれほどいい人で、どれほど自分に良くしてくれるかを語っている。恋に落ちた女の、ナマの声を俺は初めて聞くような気がする。ウニは一度もまともな家庭で暮らしたことがない。幼くして両親を失い、それからは俺と暮らしてきたから。今ウニは、初めて家庭らしい家庭を持つという甘い夢に浸っている。だけどウニ。どうして、よりによってあいつがその相手なんだ。どうしてお前の恋人は、お前の両親を殺した俺の手にかかって死ぬ運命なのだ。

＊

パク・ジュテをさっさと殺してしまいたい。なのに、やたらと意識が途切れてしまう。気が焦る。そのうちに、何もできない人間になってしまうんじゃないだろうか。憂鬱だ。

＊

ウニの財布から、アン刑事の名刺を見つけた。アン刑事は、どうして俺を追っているんだ。最後に残った功名心か。

＊

パク・ジュテの危険を警告して以来、ウニは俺を露骨に避けている。しかしウニを恨むまいと努力する。いつか俺の脳が完全に縮んで何も思い出せなくなり、何ひとつ思い通りにできなくなった時か、俺が死んで墓に埋められた後にでも、ウニは俺のノートを読み、録音されたものを聞くことになるだろう。そうして、俺がどんな人間だったのかを知り、自分のために何を準備していたのかを理解するだろう。

＊

「お昼に、刑事が研究所に来たよ」

ウニが言った。話の様子では、アン刑事らしい。

「お母さんについて聞かれた」

「それで、どう答えたんだ」

「何も知らないし。知らないって言った」

「どうして刑事が今になって、お前のお母さんのことを調べてるんだろうな」

「あたしに、わかるはずないでしょ。こちらこそ、何かわかったら教えてもらいたいって言ったよ」

「それで」

「そうするって。でも、変なの」

「何が」

「お父さんは、あたしの生みのお母さんは死んだって言ってたじゃない。なのに、アン刑事は、失踪状態だって言うの。お父さんは病院で発行された死亡診断書もあるし、死亡届も出ているけど、お母さんはないんだって。長期失踪で死亡処理になったって。どうなってるの。変じゃない」

「そう言ったのか、アン刑事に。変だと」

「ええ。そしたらアン刑事も、変だと思うって」

「孤児院の院長がそう言ったんだ。お前の母親は死んだと。だから俺も、そう思ってた」

「じゃあ、お母さんは今どこにいるのかな」

「わからん。ひょっとしたら、とても近くにいるのかもな」

たとえば、うちの中庭とか。

*

録音機を聞いてみると、数日の間に歌が何曲も録音されている。金秋子《キムチュジャ》と趙容弼《チョヨンピル》の歌だ。朴《パク》仁樹《インス》の「春の雨」もあるな。春の雨。俺を泣かせる春の雨。いつまで降り続けるのか。心まで泣かせてくれる、春の雨。

なぜ歌ったのだろう。

わからない。

わからないから、腹が立つ。全部消してしまおうと思ったけれど、方法がわからないから、そのままにしておいた。

*

昼寝をして目を覚ましてみると、パク・ジュテが枕元に座っていて、俺が起きられないように額をじっと押さえている。パク・ジュテは言う。俺が何者であるか知っていると。俺は尋ねた。何者なのか知っているとは、どういう意味だ。彼は言った。自分と俺は、同じ種類の人間だと。ひと目でわかったと。そして、俺に見抜かれたことも、すぐに気づいたと。

「俺を殺す気か」

彼は首を横に振った。もっとおもしろいゲームを準備していると言う。そして、ドアを開けて部屋を出ていった。やはり俺の推測は間違っていなかった。だけど、あいつが準備しているというゲームは、何なのだろう。

＊

羞恥心と罪の意識。羞恥とは自分に恥ずかしいことだ。罪の意識は基準が自分の外にある。他人に対して恥ずかしいということ。罪の意識はあっても、羞恥は持たない人々がいるだろう。彼らは他人の処罰を恐れているのだ。俺は羞恥は感じるが、罪の意識はない。他人の視線や断罪にもともと恐れていなかった。しかし恥ずかしさは強かった。ただ、そのためだけに殺すことになった人もいる。俺のような人間の方が、危険だ。

パク・ジュテがウニを殺せるように放っておくなら、それは恥ずかしいことだ。自分を許すことができなくなるだろう。

＊

今まで俺は、たくさんの命を救った。口のきけない動物たちだったが。

＊

気づくと、アン刑事が前にいる。いつからうちの縁側に座って、俺と話をしていたのか、まったく思い出せない。彼の話が続いている。テレビドラマを途中から見ているような感じだ。

「……よりによって、その店だなんて。だから私が頭に来るのは当然でしょう」

「何の店ですって」

俺は彼の話をさえぎって尋ねた。

「煙草屋です。私がいつも煙草を買っていた、その店です」

「その煙草屋がどうしたんですか」

熊みたいなアン刑事の視線は、何気なさそうに見えて、それでいて鋭い。

「ほんとうに、物忘れが激しいんですねえ……死んだ女が、その煙草屋で働いてたんですよ」

ようやく、わかりかけてきた。俺の八番目の犠牲者は、俗に言う煙草屋の看板娘だった。アン刑事が、あの店の常連だったんだな。しかし、どうして話の流れがそうなったのだろう。

「それで」

「その娘さんが、今でもよく夢枕に立つんです。絶対、犯人を捕まえてくれって」

俺が言った。

「捕まえて下さいよ」

「捕まえます」

アン刑事が言った。

「でも、最近暴れている連続殺人犯を捕まえるのが、先決じゃないですか」

「それは合同捜査本部がすることで、私は窓際族だから、退職前に好きなことをしなきゃ」

刑事は、ポケットから煙草入れを出す。

「体に悪いこの煙草が、認知症予防にはいいそうですね」

弁明のように言いながら、煙草を出してくわえた。

「私も煙草を吸うべきでしたな」

刑事が煙草を差し出した。

「一本いかがです」

「吸えないんでね」

刑事の煙草の煙が、柱にぶつかり、上に昇った。

「まさか、一度も吸ったことがないわけじゃないでしょう。ところで、あの犬は人によくなついていますね。何て名前ですか」

刑事が、舌を鳴らして犬を呼ぶ。雑種の茶色い犬は一定の距離以上には近寄らず、しっぽを振る。

「うちの犬じゃないけど……門を閉めておかないから、野良犬が勝手に入ってきて」

「前にもいましたよ。お宅の犬じゃないんですか」

「知らないやつが、最近になって出入りするようになったんですよ。あっちに行け」

「放っておきなさい。おとなしいのに。ところで、何をくわえてるんですかね」

「牛の骨。下の家で、いつも牛肉のスープを煮るから、あの家からくわえてきたんでしょう。実にひどい匂いでね。どうして人間が、昼も夜も牛肉のスープばかり食べてられるのか……ところで、刑事さんが探している犯人は、どうして今まで捕まらなかったんですか。ひょっとして、もう死んだんじゃないかね」

何気なく聞いてみた。

「そうかもしれません。でも、安らかな気持ちで暮らせなかったはずです。私ですら、こんなに夢見が悪いのに、あんなふうに人をたくさん殺したやつが、枕を高くして寝られるわけがありません。死んだとしても、悪い病気をあれこれ患って、苦しみながら死んだでしょう。ストレスが万病の原因だと言うじゃないですか」

「もしかして、それは認知症にも影響しますか」

「何が。殺人ですか」

アン刑事の目が光る。俺は手を振って否定した。

「いや、ストレスが」

「どうしたって関係がなくはないでしょう」

「ストレスのない人間など、いない。それはすべて、人生の……」

その次の言葉が浮かばなくて、しばらくぼんやりしていた。刑事は、用心深く言葉を続けた。

「……エネルギーの源？」

「そう。エネルギーの源じゃありませんか」

俺たちは共に、空虚な笑い声を上げた。ははは、ははは、ははは。穴が身を低くし、俺たちに向かって短くワンと吠えた。

＊

すべてのことが、こんがらがってきた。書いたと思ったのに、見てみると何も書いてない。録音したと思ったことが、文字で書かれていた。その逆もある。記憶と記録、妄想の区別がつかない。医者が音楽を聴けと言った。その勧めに従って、家でクラシックを聴き始めた。どんな効果があるんだか。新しい薬も処方してくれた。

＊

ここ数日、症状がかなり好転した。新しい薬のおかげか。気分が良くなって、外に出たくなった。だいぶ自信がついた。ぼんやりしていた頭もはっきりし、記憶力も回復したようだ。医者とウニも同じ意見だ。認知症は老人性うつ病を伴うことが多いが、うつ病自体が認知症を悪化させる要因でもあると。だから、うつ病が改善されれば、認知症もゆっくり進行したり、一時的に好転するように見えたりもすると、医者が説明した。

久々に自信にあふれているのを感じる。何でもできそうな気がする。こんなに頭がはっきりしている時に、先延ばしにしていたことを、しなければ。

*

女性の死体がまた一つ、発見された。今度も農道の排水管だった。被害者を縛るやり方、遺棄した場所まで、手法はまったく同じだ。検問が強化され、警察官が野良犬のごとく集まって騒いでいる。

*

ふと、思った。俺はパク・ジュテに嫉妬しているのかもしれないと。

*

時折、捕まったとしても処罰されないだろうという点について、考える。変だ。うれしいはずなのに、あまりうれしくない。人間社会から、ほんとうに徹底的に捨てられたような気分だ。俺は哲学を知らない。俺の中に獣が住んでいる。獣には倫理がない。倫理がないのに、なぜこんな感情を持つのか。年老いたせいか。俺が今まで捕まらなかったのは、運が良かったからかもしれない。だがどうして俺はちっとも幸福になれないのだろう。ところで、幸福とは、また、何なのだ。生きていると感じること、それが幸福ではないか。それならば、俺が最も幸福だったのは、毎日殺人を考え、それを計画していた頃ではなかったか。その頃俺は、張りつめた弦のように緊張していた。その時も今みたいに、ただ現在だけがあった。過去も未来もなかった。

数年前、歯医者に行くと、没頭の楽しさとか何とかいう本があったので、ざっと読んでみた。著者は没頭することがいかに重要であるのか、それがいかに大きな楽しみをもたらすかを強調していた。おい、著者さんよ。俺が小さかった頃は、子供が一つのことに熱中すると大人たちは心配したものだよ。この子は他のものが目に入らないと言って。当時は、一つのことに没頭するのは狂った人間だけだったんだ。以前の俺が人を殺すことに熱中し、どれほど没頭したか、そしてそこからどれほど大きな楽しみを得たか、没頭がどれほど危険なのかをあんたが知ったなら、その口をつぐむだろう。没頭は、危ないものだ。だから楽しい。

誰も傷つけないで生きてきたこの二十五年間の生活は、一つも思い出せない。陳腐な日常の積み重ね。間抜けなふりをして、あまりにも長く生きてきた。

また没頭したい。

＊

交通事故の直後、ひどい譫妄《せんもう》*17を経験した。脳手術の後遺症なのだろう。あまりにひどいので、看護師たちは俺の手足をベッドにくくりつけた。体が縛られているから、気持ちだけがふわふわと飛び回った。たくさんの夢を見た。その時の奇異なほど鮮やかな夢の一つが、現実の経験のように、俺の脳裏に今も残っている。夢の中の俺はサラリーマンで、三人の子供の父親だった。上に女の子二人、末っ子は男の子だ。妻の手作り弁当を持って俺は官公署のような所に出勤していた。すべてのものがきっちりと安定した生活の、あの甘ったるい退屈さ。俺が生涯一度も経験したことのない感情だった。

弁当を食べ、同僚とビリヤードをし、オフィスに戻ってみると、女子社員が、妻から電話があったと言う。電話してみると、妻の声は焦っていた。あなた、あなた、あなたと叫ぶ声、助けてという言葉と共に、電話が切れる。家に駆けつける途中、俺は何か言いたかったけれど、何も言うことはできない。ドアを開けて入ると、妻と三人の子供が並んで横たわっている。それと同時に警察が入ってきて、俺の手に手錠をかける。これは何だろう。俺が俺を捕まえに家に駆けつけたということか。

譫妄が過ぎた後、その夢を思い出すたびに、俺はある喪失感を感じる。それは果たして何からの喪失だったのだろう。少しの間なりとも経験していた平凡な生活から追放されたこと？妻と子供たちを失ったこと？　実際に持ってもいなかったものに対して感じるこの喪失感は、奇妙だ。ただ麻酔薬の効果によって醸しだされた錯乱に過ぎないのか。俺の脳はそれを区別できないということか。しかし夢の中で警察が俺を逮捕した瞬間、俺が感じた安堵も、またゆっくり味わうべきものだ。それは、世の素晴らしいものをすべて見た人が、長い旅行の果てに年老いて、粗末な我が家に戻った時に感じそうなことだ。俺は弁当とオフィスの世界ではない、血と手錠の世界に属す人間だ。

＊

俺には、うまくできることが一つもなかった。一つのことだけは上手だったが、自慢できない性質のものだった。誰にも打ち明けられないプライドを持って墓に入る人は、どれぐらいいるのだろう。

薬をのめば認知能力の減退を遅らせることができるとは言っても、薬をのむこと自体を忘れてしまう。何というジレンマ。薬をのむのを忘れないようにカレンダーにしるしをつけるのだが、カレンダーに記されたその点がどういう意味なのかわからなくなり、カレンダーをぼんやり見ながら立ちつくすことがある。

ずい分前に聞いた、ぞっとするようなジョークを思い出した。突然停電して、父が息子に、ろうそくを持ってこいと言った。

「お父さん、暗くてろうそくがどこにあるのかわかんないよ」

「馬鹿、電気をつけて探せばいいじゃないか」

俺と薬の関係は、そういうものだ。薬をのもうとすれば記憶力が必要で、それがないから薬をのむことができない。

＊　　　　＊

人々は悪を理解したいと願う。つまらない願いだ。悪は虹のようなものだ。近づくほど遠ざかる。理解することができないからこそ、悪なのだ。中世ヨーロッパでは、後背位や同性愛も罪悪だったではないか。

*

作曲家が楽譜を残す理由は、後にその曲を再び演奏するためだろう。楽想が浮かんだ作曲家の頭の中は、火花でいっぱいだろうな。その最中に、落ち着いて紙を取り出し、何かを記すのは、たやすいことではないはずだ。con fuoco（コンフォーコ）――火のごとく、情熱的に――といった楽想の記号を正確に書き込む冷静さには、どこか喜劇的な要素がある。芸術家の内部に住む、貧しい会社員。必要なんだろう。そうでなければ、曲も作曲家も後世に伝わらないのだから。

楽譜を残さない作曲家も、どこかにいるはずだ。卓越した武芸を誰にも伝授しないで、自分の体一つを守って死んだ達人もいたに違いない。犠牲者の血で書いた詩、鑑識チームが現場と呼ぶ俺の詩は、警察署のキャビネットに埋もれている。

＊

未来の記憶について、しきりに考える。なぜなら、今の俺が忘れまいと努力していることが、まさに未来だからだ。何十人もの人間を殺した過去は、忘れて構わない。俺は長年の間、殺人とは関係のない生活をしてきた。だから、どうでもいい。しかし未来、つまり俺の計画を忘れてはいけない。俺の計画。俺はパク・ジュテを殺す。この未来を忘れたならば、ウニはあいつの手にかかって凄惨な殺され方をするだろう。それなのに、アルツハイマーにかかった俺の脳は、逆に作動している。ずっと前の過去は鮮やかに保存し、未来は、かたくなに記録を拒む。まるで、俺に未来など存在しないと繰り返し警告しているように感じられる。だがずっと考えていると、未来というものがなければ、過去もその意味がないように思えてくる。

オデュッセウスの旅を考えてみても、そうだ。オデュッセウスは帰還の途につき、蓮の実を食べる人たちの島に立ち寄った。人々が親切に勧めてくれた貴重な蓮の実を食べると、彼は故郷に帰らなければならないということを忘れてしまう。のみならず、部下たちも皆、忘れてしまう。何を？　帰還という目的を忘れる。故郷は過去に属しているが、そこに帰るという計画は、未来に属している。その後もオデュッセウスは何度も忘却と戦う。セイレーンの歌からも逃げ、自分を永遠にひと所につなぎとめようとするカリュプソーからも逃げ出す。セイレーンとカリュプソーが望んでいたのは、オデュッセウスが未来を忘れ、現在に留まることだ。しかしオデュッセウスは最後まで忘却と戦い、帰還しようとした。なぜなら、現在にのみ留まるということは、獣の生活に墜落することだからだ。記憶をすべて失うなら、もう人間ではいられなくなる。現在は過去と未来をつなぐ仮想の接点に過ぎず、それ自体では何でもないから。重症の認知症患者と動物は、どこが違うのだ。違いはない。食べ、排泄し、泣き、笑い、そうしているうちに死に至る。オデュッセウスはそれを拒否したのだ。どのように？　未来を記憶することによって。過去に向かって進むという計画を投げださないことによって。

それなら、パク・ジュテを殺すという俺の計画も、一種の帰還になるわけだ。俺が抜けだした世界、連続殺人の時代に戻ろうとすることで、過去の俺を復元しようとしているのかもしれない。未来はそんなふうに過去とつながっている。

オデュッセウスには、彼を待ち焦がれる妻がいた。俺の暗い過去で、俺を待っているのは誰だろう。俺の手にかかって死んだ人たち、竹やぶの下に眠ったまま、風の強い夜にざわめく人たちだろうか。あるいは、俺が忘れてしまった誰かか。

＊

どうやら脳手術の時、医者が俺の頭の中に何かを植えつけたらしい。そんなコンピューターもあると聞いた。ボタンを押しさえすれば、すべての記録を消して自爆してしまうような。

＊

またウニが帰ってこない。もう何日になるだろう。よくわからない。ひょっとして、もうやつに殺されてしまったのではないだろうな。ウニは電話にも出ない。こうしている場合ではないのに、やたら意識が途切れる。焦りだした。

＊

眠れないので外に出ると、夜空に星が輝いている。来世では天文学者か灯台守りになりたい。振り返ってみれば、人間という存在を相手にするのが、一番たいへんだった。

＊

すべての準備を終えた。もう、舞台に上がりさえすればいい。腕立て伏せを百回した。全身に筋肉がついて、盛り上がっている。

＊

父の夢を見た。はだかで銭湯に向かっていた。父ちゃん、どうしてはだかで銭湯に行くの？　俺が聞くと、父が言う。どうせ脱ぐんだ。最初から脱いでいけば楽だろ。言われてみれば、そんな気もする。しかし何かが変だと思って、父にもう一度尋ねた。でも、どうして他の人たちは服を着てお風呂に行くの？　父が答えた。

俺たちは、他の人たちとは違うじゃないか。

＊

朝起きると、全身が痛かった。朝食を作って食べ、体操をした。ひりひりずきずきするので見てみると、手と腕に少し傷があった。救急箱から薬を出して塗った。部屋の床がざらざらする。砂が落ちていた。昨夜、何があったのか。まったく記憶がない。録音機をつけてみても、何も録音されていない。確かにどこかに行ってきたのに、録音機を持って行かなかったのだろう。夢遊病者になった気分だ。ひょっとして、夜中にパク・ジュテを始末してきたのかもしれない。昨日書いた記録を見ると、「すべての準備を終えた。もう、舞台に上がりさえすればいい。腕立て伏せを百回した。全身に筋肉がついて、盛り上がっている」と書いてある。

テレビをつけてみても特に変わったことはなく、新聞にも殺人事件の話はない。今年の夏は特別暑くなるだろうという記事ばかりが続く。けしからんやつら。あんな記事は、毎年、同じだ。「今年の夏は特に暑い」。エアコンを売ろうという魂胆だ。冬の初めには、またこんな記事が毎年出る。「今年の冬は特に寒い」。そんな記事がすべてほんとうだったら、今頃地球は、サウナか冷凍庫になっているはずだ。

俺は一日中ニュースを見る。パク・ジュテの死体は、まだ発見されていないようだ。現場周辺をうろつくのは危険だから、行ってみることもできない。死体があるには、あるのだろうか。土が腕にこびりついているところをみると、どこかに埋めてきたようでもあるが、思い出せないから、実にもどかしい。もしもウニがやつの死体を発見することになったら、どんな顔をするだろう。その後、どんな行動をするだろうか。俺が自分のためにそれほどまでに困難なことをやり遂げたということを、ずっと後にでも、知るだろうか。警察はどうだ。パク・ジュテがこの辺りを恐怖に陥れた連続殺人犯であることを突きとめるだろうか。そこまでは期待できない。

俺はシャワーを浴びた。体を念入りに洗い、着ていた服を燃やした。部屋を掃除機できれいに掃除してから、フィルターのゴミも全部燃やし、フィルターは漂白剤をかけて、きれいに洗って乾かした。ふと、自問した。このすべてのことに、何の意味があるのか。俺はどのみち記憶をなくすではないか。もし検挙されたとしても、常に幻想の中だけで見ていた刑務所を、しばらくの間だけでも見られるじゃないか。何が悪い？　しばらくこの乱れた土の世界を離れ、きっちりと四角形に区切られた鉄の世界に行けるのに。

＊

今日はずっと、ベートーベンのピアノ協奏曲第五番「皇帝」を聴いた。

＊

いつか新聞で読んだ話。末期の胃がん患者が重症患者室で、警察を呼んでくれと言った。彼

は十年前に犯した殺人事件を自白した。彼は、仕事仲間を拉致して殺した。警察が山で遺骨を発見して戻ってみると、犯人は昏睡状態で死を目前にしていた。彼はひどい肉体的苦痛に加え、罪の意識にまで苦しめられていた。世の人たちは、彼を許した。誰の目にも、彼は自分の犯した罪をつぐなっているように見えただろう。しかし、世の中は俺も許すだろうか。何の苦痛もなく、忘却の状態に陥り自分自身が誰であるのかすら忘れてしまう連続殺人犯に、世間は何と言うだろう。

*

今日は、頭がとても冴えている。俺がアルツハイマーだなんて、ほんとうだろうか。

*

ウニはどうして家に戻らないんだ。電話も受けない。ひょっとして、俺の正体を知ってしまったのだろうか。まさか。

*

竹林を散歩した。青みがかったタケノコが育っている。タケノコと関連して、何か思い出せそうな気がしたけれど、そのまま脳裏から消えてしまう。空を見る。笹の葉がさらさらと音を立てて風になびく。気持ちが穏やかになる。どこの家の竹林だか知らないが、実にいい。近所を一周してみた。何か探さなければいけないという気はしたのだが、それが何なのか思い出せなかった。ノートを開いた。パク・ジュテと四輪駆動車について書かれていた。やつがどれほど俺の周りに出没して俺を監視していたのかも。俺は再び近所を一回りした。パク・ジュテも、やつの車も見当たらない。俺の手にかかって死んだのは確からしい。若い男を倒したということに自負心も感じるけれど、ちっとも思い出せないという点では、空しいことこのうえない。元来俺は記念品を集める習慣はなかった。自分の記憶にはっきり留めておくことができると信じていたからだ。事実、記憶することができなければ、犠牲者の指輪やヘアピンのような戦利品も、何の役にも立たないではないか。どこから来たのかも、わからなくなっているはずだから。

*

縁側に座って暗闇が村の入り口を覆うのをながめていた。生はこんなふうに終わるのだろうか。

＊

野犬は地面に穴を掘って入る。人に馴れた犬も野良犬になるやいなや、狼のように行動する。月を見て遠吠えし、穴を掘って厳格な社会生活を送る。妊娠するのも序列があって、ボスの雌だけがはらむことができる。序列の低い雌が何かの拍子に妊娠したりすると、他の雌が攻撃して殺してしまう。犬が何日か中庭を掘っていたと思ったら、今日は何か口にくわえて歩いている。どこの犬だかわからない。今日はまた、どこから何をくわえてきたんだ。棒を持って殴りつけると、必死で逃げる。土がいっぱいついた白っぽいものを、棒でひっくり返してみた。

女の手だ。

＊

パク・ジュテが生きているか、俺が見当違いをしていたのか、どちらかだ。

＊

ウニはまだ電話に出ない。

＊

認知症患者として生きるということは、日付を間違えて一日早く空港に到着した旅行者のようなものだ。出発カウンターの航空会社職員に会う前まで、彼は岩のように確固として、自分は正しいと信じている。堂々とカウンターに近づき、パスポートと航空券を出す。職員が首をかしげて、申し訳ありませんが一日早く来られましたねと言う。しかし彼は、職員が見間違えたのだと思う。

「もう一度確認して下さい」

他の職員まで加勢して、彼が日にちを間違えたのだと言う。それ以上言い張ることもできなくなった彼は、誤りを認めて引き下がる。翌日彼が再びカウンターに行って航空券を出すと、職員はまったく同じ台詞を繰り返す。

「一日早く来られましたね」

こんなことが毎日のように繰り返され、彼は永遠に、「正しい時」に空港に到着できないまま、空港の周辺を徘徊することになる。彼は現在に閉じ込められているのではなく、過去でも現在でも未来でもない所、「適切ではない場所」でさまよっている。誰も彼を理解してはくれない。孤独と恐怖が増してゆく中、彼はもう何もしない人間、いや何もできない人間に変わってゆく。

*

道端に車を止めて、ぼんやりしていた。どうしてそこにいたのか、わからなかった。背後でパトカーが止まった。若い警官が窓をノックする。見たことのない顔だ。

「ここで何なさってるんです」

警官が尋ねる。

「自分でもわかりません」

「お宅はどちらですか」

俺はのそのそと自動車登録証を取り出して、提示した。

「免許証も見せて下さい」

俺は言われたとおりにした。警官は俺をじっと見下ろして聞いた。

「どんな用事でここまで来たんですか。こんな夜中に」

「それが、わからないんです」

「私についてきて下さい。運転はできますね?」

赤いランプを点灯させて先導するパトカーについて、村に戻った。家に着いて、わかった。俺はウニを捜しにパク・ジュテの家に行く途中だった。喉が渇いたので冷蔵庫を開けた。手の入ったポリ袋が見える。あれは、ほんとうにウニの手だろうか。ああ、なぜか、あれはウニの手だという気がしてならない。それでなければ、俺の所に来るものか。パク・ジュテが生きていて、大胆にも俺に送ったのだ。やつは俺にゲームを提案している。それなのに俺は、彼の家に行くことすらできない。いや、もし家に押しかけたとしても、勝てないのは目に見えている。こうしてからかわれているしかないという絶望に、全身が震える。

俺は部屋中を探し始めた。アン刑事から渡された名刺を探して電話をかけるのだ。俺は失うものがないから、何も怖くはない。しかしいくらひっくり返しても、名刺が見つからない。仕方なく、一一二番に電話をする。そして言う。どうやらうちの娘が殺されたようだ。そして、犯人が誰であるかも、わかるような気がする。できるだけ早く来てくれ。俺の記憶が消える前に。

*

オイディプスは道を行く途中、怒りにまかせて人を殺した。そして忘れた。初めて読んだ時は、ちょっと感心した。忘れるだなんて。

国に疫病が猛威を振るった時、王になった彼は神々を憤らせた犯人を捜しだすよう命令する。しかし一日とたたないうちに、その犯人が自分であることを知る。その瞬間、彼が感じたのは、羞恥だったか、あるいは罪の意識か。母と寝たことには羞恥を、父を殺したことについては罪の意識を持っただろう。

オイディプスが鏡を見ると、自分の姿がそこにあったはずだ。似ているけれど、左右が逆になっている。彼は俺と同じ人殺しだが、自分の殺した人が父であるとは知らず、後にその行為まで忘れてしまった。そうして自分の犯した罪を自覚して自滅する。俺は初めから自分が父を殺すことを、殺すようになるだろうということを知っていたし、後に忘れるということもなかった。他の殺人は、最初の殺人のリフレーンだ。手を血で濡らすたびに、最初の殺人の影を意識していた。だが人生の終盤に、俺は自分の犯したすべての悪行を忘れるだろう。そうして、俺は自分を許す必要も、そんな能力もない人間になるのだ。足を引きずるオイディプスは、老いてようやく悟った人間、成熟した人間になるけれど、俺は幼児になる。誰も責任を問うことのできない、幽霊になるのだ。

オイディプスは無知から忘却に、忘却から破滅に進んだ。俺はその正反対だ。破滅から忘却に、忘却から無知に、純粋な無知の状態に移行するだろう。

＊

数人の私服刑事が門をたたいた。俺はちゃんと服を着ると、外に出て門を開けた。

「電話のことで来られたんですか」

「そうです。キム・ビョンスさんですね」

「はい」

俺はポリ袋に入った手を、彼らに渡した。

「犬がこれをくわえてきたんですか」

「そうです」

「では、この周辺を捜索してもよろしいでしょうか」

「その必要はない。犯人を捕まえるべきだ」

「犯人が誰なのか、ご存じなんですか」

「パク・ジュテというやつです。この辺りで狩りをしている不動産業者だが……」

刑事たちの笑い声が聞こえた。彼らの後ろから、一人の男が進み出てきた。

「私のことでしょうか」

パク・ジュテだった。やつが、刑事と一緒にいた。脚の力が抜けた。俺は彼らを見回した。皆、ぐるになっているのか。俺はパク・ジュテをさして、叫んだ。

「あいつを捕まえろ」

パク・ジュテは笑った。温かいものが、太ももを流れ落ちる。これは何だろう。

「じいさん、もらしてるよ」

刑事たちは、笑いをこらえきれなかった。俺はぶるぶる震えながら、縁側に座りこんだ。開いている門から、数頭のシェパードが入ってきた。

「令状を見せろ。読めるかどうか、わからんが」

革のジャンパーを着た初老の刑事が指示すると、若い刑事が紙きれを俺の面前に突きつけた。

「さあ、令状を見ましたね。捜索します」

シェパードが中庭の片隅で、鼻をくんくんしながら、短く三回吠えた。制服を着た警官がシャベルを持って掘った。

「あ、何か出てきたぞ」

「でも、ちょっと変ですよ」

彼らが発見したのは、どう見ても小さな子供の遺骨で、ずっと前に埋められたとおぼしい白骨だ。警官たちがざわついた。門の外には近所の人たちも集まってきていた。制服の警官が規制線を張った。警官たちは当惑しているようでもあり、興奮しているようにも見えた。よくわからない。俺は常に人の表情を読むのが苦手だったから。ところで、あの子供は誰なのか。ずいぶん前に埋められたというが、どうして記憶にないのだろう。そして、パク・ジュテはどうして警官と一緒にいるのか。

＊

俺は閉じ込められている。刑事たちが、しょっちゅうやって来る。彼らはしきりに「昨日」と言うが、俺は「昨日」彼らに会った覚えがない。いつも、今日の取り調べが初めてのような気がする。だから俺はいつも最初から話し始める。俺が人をたくさん殺したこと、それなのに、なぜ逮捕されなかったのか。俺がどんな詩を書き、詩教室の講師はなぜ殺さなかったのか。ニーチェとホメロスとソフォクレスについて。彼らが人間の生と死について、どれほど鋭く洞察していたかを。

なのに刑事たちは、その話は聞きたくないようだ。彼らは俺の誇らしい過去や哲学には興味がないらしい。彼らは俺がウニを殺したと信じていて、そのことばかり聞く。俺はパク・ジュテが殺したはずだと言う。彼がウニとつきあっていたと。俺が彼の車に追突し、車から血がしたたり落ちるのを見て以来、俺の周囲をうろついていたと。

「あの人は警官ですけど」

目の前の刑事は、口をゆがめて笑った。俺は反論する。警察だって人を殺せないことはないだろう。彼は素直にうなずく。

「殺すこともできるでしょう。でも、今回は、違うようですよ」

俺はアン刑事との面会を要求する。ひょっとすると、彼なら俺のいうことを信じてくれるような気がするのだ。刑事は、今度も容赦なく首を横に振る。アン刑事という人は知らないと言う。俺は彼の顔や服装、話し方、俺と交わした会話について、詳しく話す。刑事の一人が言う。

「近い過去はちっとも覚えていないはずなのに、アン刑事という人については、どうしてそんなに詳しく記憶しているんですか」

もっともな言い分のようにも思えるのに、どうして腹が立つのだろう。

＊

パラレルワールドに入り込んでしまったような気がする。この宇宙ではパク・ジュテは警官で、アン刑事は存在せず、俺はウニを殺した犯人だ。

＊

また刑事が来た。彼は俺に、何度も質問する。

「キム・ウニさんを、なぜ殺したんです」

「娘を殺したのはパク・ジュテだ」

俺の話を聞いた初老の刑事が、若い刑事の方に体を傾けて言う。まるで俺がそこに存在していないかのように。

「何の意味があるんだ。こんな取り調べに」

「でも調書は残さないと。全部、芝居かもしれませんよ」

若い刑事が、もう我慢ならないというふうに、俺に言う。

「おじさん、キム・ウニさんは、あんたの娘じゃないでしょ。介護福祉士じゃないですか。認知症老人を訪問して看病したり助けたりする、介護福祉士」

介護福祉士という言葉の意味を、俺は知らない。初老の刑事が、若い刑事が声を荒らげるのを制止する。

「血圧が上がるぞ。やめとけ。言っても無駄だ」

＊

混沌が、俺を見守っている。

＊

新聞に俺の記事が出ていた。引き裂いて、そこだけ取っておいた。

「……ほとんど欠勤したことのないキム・ウニさんが四日も欠勤し、連絡もつかないことに不審を抱いた家族が、ウニさんの身辺に異常が起きたと直感し、警察に届け出た。ウニさんの周辺で聞き込み調査をしていた警察は、ウニさんが介護福祉士として認知症老人の世話をしていた点に注目し、ウニさんが訪問していた家を中心に捜査した。その結果、キム・ビョンス（七〇）を有力な容疑者と見て、裁判所の捜査令状を取り、家の内外を捜索した。警察は殺害されたウニさんの遺体と、遺体から切り離されたものと見られる身体の一部を回収した。また、これに先立ち、ウニさんの遺体とは別に、子供の遺骨も発見されたことが明らかになっている。警察は遺骨の状態から、かなり以前に殺害されて埋められたものと推定し、国立科学捜査研究所の鑑識結果を待って、この遺骨に対する捜査も継続する方針であると発表した。一方、容疑者キム・ビョンスには前科がなく、現在重症のアルツハイマーにかかっていることがわかっており、起訴と公訴が維持できるかどうかに関心が注がれている」

＊

テレビニュースに、よく俺の名が出てくる。ウニが俺の娘だということを、誰も信じようとしない。皆があんなふうに言うのだから、俺が間違っているような気もする。彼らはウニが介護福祉士として真面目に働き、認知症にかかった独居老人たちを献身的に世話していたと言った。同僚たちが涙を流してウニの葬儀を行っている場面が、繰り返し放送された。彼女たちがあまりにも悲しそうに泣くから、俺まで、ウニが俺の娘ではなく介護福祉士だと信じそうになったぐらいだ。警察は俺の家の周辺を綿密に掘り返している。遺伝子検査、悪魔といった単語が流れていく。刑事たちを呼んで、もううちの中庭を掘り返すのはやめて、竹やぶを掘ってみろと教えてやった。刑事が緊張した顔で出ていった。その時以来、テレビに竹林が出てくるようになった。いつも笹の葉がさえざえとした歌を歌っていた、俺の竹林が。

「こりゃまるで、共同墓地だな」

防水布に包まれた遺骨が、次々と山から降ろされていくのを見て、近所の人が言った。

＊

理解できないことばかりが続く。似たような状況で、似たようなことが繰り返され、俺は何がなんだかわからない。もう、何も記憶することができない。ここにはペンも録音機もない。すべて奪われたようだ。ようやくチョークを一つ手に入れ、毎日壁に記録している。こんなことをして何になるのかと思わないでもない。すべてがごちゃ混ぜなのに。

＊

現場検証に連れていかれたけれど、俺は何もしなかった。いや、できなかった。覚えてすらいないことを、どうやって再現しろというのだ。近所の人たちが、俺に何か投げつけた。獣にも劣るやつだと言った。飛んできた瓶が、俺の額に当たった。痛かった。

＊

パク・ジュテが俺を訪ねてきた。パク・ジュテに会うたび、まったく混乱する。パク・ジュテは、ずっと俺の周辺を嗅ぎ回っていたのは事実だと言った。彼はこの辺りで起こった連続殺人事件に、もしかしたら俺が関係しているのではないかと疑っていたという。パク・ジュテが席に着くと、心理学者が入ってきて、その横に座った。テレビで連続殺人犯の心理がどうのと言っていた人のようでもあり、違うようでもある。

パク・ジュテが聞いた。

「私が警察大学校の学生たちと一緒に訪ねていったことは、覚えてますか」

「あれはアン刑事だった」

「アンという刑事はいません。私が学生を連れていったんですよ」

俺はそんなはずがないと、強硬に否定した。パク・ジュテが心理学者を振り返った。彼らが微笑み合うのを、俺は見逃さなかった。

「いいや。あんたはウニと一緒に来たんだ。ウニと結婚すると言ったじゃないか」

「キム・ウニさんに会ってはいました。いつもあの家に出入りしていたから、聞くことがあったんです」

「私が追突しただろ。あんたの四輪駆動車に。あれはどうなった」

「そんなことはあり得ません。私の車はアバンテ[*18]ですから」

「じゃあ、狩りもやらないのか」

「やりません」

会話が長引くほど、混乱はひどくなる。俺は最後に質問する。

「連続殺人は終わったのか」

「まだわかりませんね。もう少ししたら、わかるでしょう」

心理学者とパク・ジュテは意味深長な笑みを交わし、俺をほったらかして出ていった。

＊

頭がはっきりしている日もあるし、ぼんやりする日もある。

＊

「悔しいですか」

刑事が聞いている。俺は首を横に振る。

「ぬれぎぬだと思っていますか」

その言葉が、俺をちょっと笑わせた。刑事は俺を過小評価している。それが一番気に食わない。捕まるべき時に捕まっていれば、俺は重い処罰を課せられたはずの男だ。朴正熙政権だったら、俺をすぐに絞首刑にするか、電気イスに座らせただろう。

俺はウニの母親を殺した。家に行って、まずウニの父親を殺してから、帰宅途中のウニの母親を拉致して殺した。幼いウニは保育園にいて、俺の魔の手から逃れることができた。その場面の一つ一つを、今も鮮明に覚えている。しかしウニの死は、何も思い出せない。それなのに警官たちは、殺害し、埋めるのに使用された道具を、俺の家で多数発見したらしい。俺が片付けられなかった道具が裏庭にあり、それらのすべてに俺の指紋がついていたそうだ。彼らが俺を逮捕しようと決心したら、何だってできるさ。

あまりにもたくさんの絵を描いたために、画家自身も偽物なのかどうか判断がつかないケースがあるらしい。画家は偽物だと主張して、こう言ったそうだ。

「私の描きそうな絵ですが、描いた記憶がまったくありません」

画家は結局、裁判で敗訴した。俺がまさに、そんな心情だ。俺は刑事に言った。

「私がやりそうなことだ。でも、記憶がないね」

刑事は思い出してみろと、俺に詰め寄った。人を殺しておいて、覚えがないだなんて、話にならないじゃないかと言った。俺は、彼の手を握った。彼は俺の手を払いのけなかった。俺は彼の目を見ながら言った。

「あんたは知らないんだ。誰よりもこの私が、その場面を思い出したがってることを。刑事さん、私も思い出したいんだよ。なぜなら、私にはとても大切なことだからね」

＊

人は、俺がウニについて覚えていることを、すべて否定している。信じてくれる人はいない。テレビでも俺を、「獣医師として働き、引退した後にもふだん住民たちとの接触がほとんどない、隠遁型の独り住まいで、訪ねてくる家族もまったくいなかった」と言う。

「じゃあ、犬はいましたか。茶色いやつです」

ある日、刑事にこう聞いてみた。

「犬？　ああ、あの犬。犬はいましたよ。あの犬が中庭を掘り返したじゃないですか」

犬がいたと言うから、ちょっと安心だ。

「あの犬は、どうしてますか。飼い主が二人とも、いなくなって」

「二人って、おじさん一人なのに。おい、ここんちの犬、どうなった？」

書類を持ってきた若い警官が答える。

「近所の人たちが、飼い主がいない犬だから、つぶして食べようとしたらしいんですが、村長が、人を食った犬を食べてどうするんだと止めて、そのまま放されたそうです。飼う人もいないから、野良犬になったでしょうよ」

*

テレビで、ウニについて語っているのを聞いた。

「いつも献身的に認知症老人を世話していたキム・ウニさんの死に、同僚たちは悲しみを抑えることができません」

ウニと交わした、あのたくさんの会話は、いったい何だったのだ。すべて俺の頭の中で作り出したものだったということか。そんなはずはない。想像が、現在経験している現実よりも生き生きと感じられるだなんて。

＊

「遺骨はたくさん出たかね」

刑事がうなずいた。

「一つだけ教えてほしい。ずっと前に、町のカルチャーセンターで働いていた女性と、その夫を殺したんだが、彼らに子供がいたか、ちょっと調べてくれないか」

刑事は調べようと言った。彼らはもう俺を敵対視していないようだ。時には俺を尊重しているように感じられることもある。一種の勇気ある内部告発者のように思っているようにも見える。数日後、刑事が来て言った。

「三歳の女の子がいたけれど、父親と一緒に殺されています。鈍器で」

刑事は書類をめくりながら、にっこりした。

「おもしろい偶然だな。その時に死んだ子の名前も、ウニですね」

ふと、負けたという気がした。それなのに、何に負けたのかが、わからない。負けたという感じがするだけだ。

＊

歳月が流れる。裁判が進行する。人々が押し寄せる。俺はあちこちに連れて行かれる。また人々が押し寄せる。人々は俺の過去について尋ね始めた。それは、俺がわりとまともに答えることのできる質問だ。俺は、自分のやったことについて休みなく語り、人々は書き留めた。父を殺したことだけを除き、すべてを語った。人々は聞いた。そんなに古いことを、どうしてそんなによく覚えているのか。それなのに、どうして最近やったことは思い出せないのか。おかしいじゃないか。昔のことは時効が過ぎたから自白し、最近のことは処罰を恐れて口をつぐんでいるのではないかと。

皆は知らない。まさに今、俺が罰せられているということを。神はもう、俺に与える罰を決めたということを。俺は忘却に向かって歩いている。

＊

俺も死んだらゾンビになるだろうか。いや、もうなっているのでは。

＊

ある男が訪ねてきた。記者だと名乗った。彼は悪を理解したいと言った。その陳腐さが俺を笑わせた。俺は尋ねた。

「なぜ悪を理解しようとするんだね」

「理解してこそ、避けることができるでしょうから」

俺は言った。

「理解できるなら、それは悪ではない。ただ、祈ることですな。悪があなたを避けて通るように」

失望したようすが、ありありと見えた。俺は付け加えた。

「恐ろしいのは悪ではない。時間だ。誰もそれに勝つことはできないからね」

*

刑務所のようでもあり、病院のようでもある場所にいる。もうその二つがどう違うのか、区別がつかない。刑務所と病院を行ったり来たりしているような気もする。一日か二日過ぎたようでもあるし、永遠が過ぎたようでもある。時間の見当がつかない。午前なのか午後なのかもわからない。この世なのかあの世なのかもはっきりしない。見慣れない人たちがやって来て、しきりに、いろんな人の名前を言う。もうそんな名前を聞いたところで、何のイメージもわかない。事物の名と感情をつなぐ何かが、壊れた。俺は巨大な宇宙の一点に孤立している。そしてここから永遠に抜け出すことができないのだろう。

*

何日も、頭の中をぐるぐる回っている詩。川辺のカゲロウの群れのように執拗にからんできて、振り払うことができない。日本のある死刑囚が詠んだという俳句だ。

その後《あと》は
冥土で聞かん
ほととぎす*19

＊

初めて見る男が、俺の前に座って話している。険しい顔をしているから、俺はそいつがちょっと怖い。彼は俺を問い詰める。

「認知症にかかったふりをしているんじゃないですか。処罰を避けるために」

「私は認知症ではない。ちょっと物忘れするだけだ」

俺は答えた。

「最初は、認知症だと主張してたじゃないですか」

「私が？　そんな覚えはないな。私は認知症ではない。少し疲れているだけだ。いや、少しではなく、ほんとうに疲れてるんだ」

彼は首を左右に振り、紙に何かを書きなぐる。

「なぜキム・ウニさんを殺したんです。動機は何なんですか」

「私が？　いつ？　誰を？」

彼は俺が理解できない話を果てしなく続け、俺は次第に、まっすぐ座っていられないほど疲れた。俺は彼に頭を下げた。そして哀願した。俺が何か過ちを犯したのなら、どうか許してくれと。

＊

目が開かない。今、何時だろう。朝なのか夕方なのか、見当もつかない。

＊

人が話すことを、ほとんど理解できない。

＊

何も考えずにそらんじていた般若心経の一節が、今は心にしみる。ベッドの上で、ずっと口ずさむ。

「是故空中無色　無受想行識　無眼耳鼻舌身意　無色声香味触法　無眼界乃至無意識界　無無明亦無無明尽、乃至無老死亦無老死尽　無苦集滅道　無智亦無得　以無所得故」

*

ぬるい水の中に、ぷかぷか浮遊している。静かで穏やかだ。俺は誰なのか。ここがどこなのか。空《くう》の中に、そよ風が吹いてくる。俺はそこでいつまでも泳いでいる。いくら泳いでもここを抜けることはできない。音も振動もないこの世界がだんだん小さくなる。どこまでも小さくなる。そうして、一つの点になる。宇宙の塵《ちり》になる。いや、それすらも消える。

＊1【すべからく留まる所なくして　その心を生ずべし（応無所住　而生其心）】
高名な禅僧山田無文（一九〇〇～一九八八）はこの一節を、次のように解説する。

「どこにも住しない、心が空っぽであって、その時に面白いと言うて笑い、悲しいと言うて泣いたら、それがそのまま仏心でなければならない。心に裏づけのない斬新な心が仏の心でなければならんのであります。そういう新しさというものが私どもの心にいつもなければならん。意識がいつも新しくなければならん」（山田無文『無文全集』第六巻「六祖壇経」禅文化研究所、二〇〇四）

＊2【未堂《ミダン》】韓国の詩人徐廷柱《ソジョンジュ》（一九一五～二〇〇〇）の雅号。

＊3【緊急措置】朴正煕大統領が政権を延命させるために宣布した非常措置。一号（一九七四）は維新憲法に対する反対や誹謗、流言飛語、捏造とこれらの流布を禁止し、違反者は令状がなくても身柄を拘束できるとした。二号は緊急措置に違反した事件を非常軍法会議で審判できるよう定め、九号（一九七五）では維新憲法の改正や廃止を訴える集会、デモ、出版を禁止した。

＊4【マッコリ保安法】朴正煕時代の国家保安法を指す。居酒屋でマッコリをくみ交わしながら政権を批判した人も警察に連行されるという意味で、こう呼ばれた。

＊5【中央情報部】韓国中央情報部（ＫＣＩＡ）。朴正煕時代の情報機関。

＊6【叺《かます》】穀物、塩、石炭などを入れる袋。

＊7【四月革命】一九六〇年三月の大統領選挙で行われた不正に学生や市民が反発して大規模なデモを行い、李承晩《イスンマン》大統領を下野に追い込んだ事件。四月十九日に大きなデモがあったため四《サー》・一九《イルグ》とも呼ばれる。

＊8【五・一六軍事クーデター】一九六一年五月十六日に朴正煕らが起こした軍事クーデター。

＊9【十月維新】一九七二年十月十七日、朴正熙が大統領特別宣言を発表し、国会の解散、政治集会の中止などを決定し、非常戒厳令を出した一連の宣布のこと。

＊10【キム・ギョンジュ】一九七六〜。詩人、劇作家。

＊11【フランシス・トンプソン】Thompson, Francis（一八五九〜一九〇七）。イギリスの詩人。

＊12【ユサンスル】豚肉、海産物、野菜を細く切っていたため、あんかけにした料理。

＊13【クンジョル】目上の人に対して行う丁寧なお辞儀。男性の場合は膝を折って両手を床に当て、頭を下げて額を手の甲に近づける。

＊14【パンジョル】目下の人にお辞儀をされた時に返すお辞儀。座ったまま上半身を少し曲げる。

＊15【滅共《ミョルゴン》】共産主義を滅ぼすこと。

＊16【青ひげ】シャルル・ペローの童話に登場する人物で、何度も結婚して妻を次々に殺した男。

＊17【譫妄《せんもう》】意識障害で幻覚を見たりする状態。

＊18【アバンテ】現代自動車が生産する小型乗用車の名。

＊19【その後《あと》は……ほととぎす】作者はこの俳句をどこで見たのか覚えていないと言うが、江戸時代の作者不詳の句らしい。

作家の言葉「これは私の小説だ」

小説を書くということは、一つの世界を創造することだと信じていた時期があった。幼い子供がレゴブロックで遊ぶように、一つの世界を自分の好きなように積み上げては壊す、そんな楽しい遊びだと思っていた。しかしそうではなかった。小説を書くという作業はマルコ・ポーロのように、誰も経験していない世界を旅することに似ている。まず、彼らが「ドアを開けてくれなければ」ならない。初めて訪れるその見知らぬ世界に、私は許容された時間だけ留まることができ、「もう時間だ」と言われれば、出てゆかなければならない。もっと滞在したくても許されない。見知らぬ人物に満ちた世界を探して、再び放浪を始めなければならないのだ。そんなふうに理解すると、だいぶ気が楽になった。

小説家という存在には、意外に自律性が少ない。最初の一文を書けばその文章に支配され、ある人物が登場するとその人物に従わなければならない。小説の最後に至ると、作家の自律性はゼロに収斂する。最後の文章は、その前に書かれたどの文章にも反してはならない。創造主が、どうしてそんなことになるのだ。そんなはずはないのに。

今回の作品は、いつになく筆が進まなくて苦労した。一日に文章を一つか二つしか書けないことがよくあった。最初はずいぶんもどかしく思えたけれど、考えてみれば、まさにそれが主人公のペースだったのだ。記憶を失いつつある老人ではないか。だから楽に構えてゆっくり書き留めることにした。そうして文章を一つずつ書いていたある日、ふとこんなことを思った。

これは私の小説だ。私が書かなければならない。私以外には書けない。

旅行者の比喩に戻れば、自分だけがその世界を訪れた、自分だけがその世界に受け入れられたと確信したのだ。この確信がなければ、おそらくこの小説は完成できなかっただろう。

ろくな稼ぎもなく習作をしていた頃、私は両親のすねをかじっていた。真夜中に寝て、昼頃にようやく起きてくる怠け者の息子とは違い、父は朝早く起きて家の内外で用事をしていた。いつも散らかっている私の机は見苦しかっただろうに、我慢してくれていた。ある日私が、「誰かが毎朝、僕の机を片付けてくれたら、結構いい作家になれるんだけどな」と愚痴をこぼすと、それ以来、父は二階の私の部屋に上がってきて机を片付け、灰皿に山盛りになった煙草の吸殻を捨て、灰皿はきれいに水で洗って元の所に置いてくれた。
いろんな方にお世話になったけれど、この小説は、作家志望の息子の灰皿を毎日洗ってくれた父に捧げる。父は私が海外にいた時に大病をして、現在も闘病中だ。健康で長生きして、いつか息子が「結構いい作家」になる日を見てもらいたい。

金英夏

二〇一三年七月

訳者あとがき

金英夏《キムヨンハ》には故郷がない。子供時代、転勤の多い軍人の父に従って何度も引っ越しているからだ。小学校はほぼ一年ごとに転校して六つ通った。新しい学校に入るたび、その土地の方言や遊び方のルールを覚えなければならず、友達ができても、しばらくすると別れてしまう。そんな彼が読書に興味を持ち始めたのは、極めて自然なことだった。本の中で出会ったものたちとは、別れる必要がなかったから。故郷に対する執着を持ちえないせいか、金英夏は今でもよく居住地を変える。イタリアやカナダ、アメリカでも暮らした。本書執筆時には釜山《プサン》に住んでいたため、同地の男性によく見られるぶっきらぼうな話し方が文体に影響を与えているという。大学は私立の名門・延世《ヨンセ》大学に通ったが、入学時には作家になる気はなく、経営学科に入って修士課程まで終えた。

一九六八年生まれの金英夏が小説家として認められたのは、一九九五年に短篇「鏡についての瞑想」を季刊誌『レビュー』に発表してからだ。翌年、他人の自殺を助ける男を主人公にした長編小説『私は私を破壊する権利がある』で文学トンネ新人賞を受賞したのを皮切りに、以後も順調に作品を発表し続け、数々の文学賞を受けた。特に二〇〇四年には、一年の間に東仁《トンイン》文学賞、李箱《イサン》文学賞、黄順元《ファンスノォン》文学賞を受賞して話題を集めた。

彼はスコット・フィッツジェラルドの『偉大なるギャッツビー』を翻訳したことがあり、ニューヨークに住んだこともあり、猫も好きだが、これは別に村上春樹の真似をしたわけではないので、比べられるのは不本意だそうだ。日本の作家との関わりで言えば、あるところで推薦図書を五つ挙げろと言われた時、本書でも言及されている『オイディプス』や『オデュッセイア』などとともに、大江健三郎『万延元年のフットボール』を挙げている。一九九八年には韓国の慶州《キョンジュ》で開かれた第四回日韓文学シンポジウムに参加し、島田雅彦と対談した。新人作家だった彼は当時、延世大学語学堂で留学生に韓国語を教えていた。

金英夏はどの作家よりも早くホームページを開設して読者と交流し、ラジオやテレビにも出演した。現在でもフェイスブックやポッドキャストで発信し続けている。すらりとした容姿もあいまって、都会的、現代的なイメージの「新世代作家」だった彼も、今では五十歳を目前にした中堅作家だ。これまでに十カ国以上の国で作品が翻訳・出版されており、日本では過去に『阿娘《アラン》はなぜ』（森本由紀子訳、白帝社、二〇〇八）、『光の帝国』（宋美沙訳、二見書房、二〇〇八）の二冊が出ている。

実のところ金英夏は、幼年時代の記憶すら持たない。十歳の時、寝ていて練炭中毒にかかり、その後遺症でそれ以前の記憶の大半を失ったためだ。同じ部屋で寝ていた母も中毒して一緒に救急搬送されたが、どういう訳か、母の記憶はまったく損なわれなかった。以前、韓国の暖房は練炭を燃料としたオンドルが主流だったから、冬には練炭中毒による死亡事故が少なくなかった。

この体験が作家にどのような影響をもたらしたのかは判然としないけれど、人間にとって記憶とは何かという問いを持つようになったのは確かだろう。記憶をなくしてしまっても、私は私でいられるのか。人は記憶に基づいて自分が誰であるかを認識し、過去を再構築し、それをふまえて未来を予想したり計画を立てたりする。しかし、もしその記憶がまったく信用できないとなれば、自分の足の下にある地面が突然崩れるように、〈今、ここ〉も、〈これから〉も意味を失う。この『殺人者の記憶法』の主人公キム・ビョンスは、アルツハイマーにかかって記憶力を失いつつある七十歳の連続殺人犯だ。そういえば、金英夏が脚色に参加した映画「私の頭の中の消しゴム」(二〇〇四)も、原作は日本のテレビドラマであるが、若年性アルツハイマーにかかった若い女性の話だった。

ずっと前に殺人をやめ、田舎の獣医師として静かに暮らしてきたビョンスは、愛する娘ウニを守るため、病気と闘いながら人生最後の殺人を計画する。主人公の独白で語られる物語は結末に向かってよどみなく進むが、文芸評論家クォン・ヒチョルは予言する。結末近くまで読み進んだ時、読者はうろたえるに違いないと。

……『殺人者の記憶法』は、血と暴力に捧げられた小説のように見えるが、そんなものは最後のカオスのために積み上げられた反転装置に過ぎない。この小説が恐ろしくなる瞬間は、キム・ビョンスがついに戦いに敗北し、娘ウニが残酷に殺害されたことを明かす場面ではなく、命がけで守ろうとしていた娘が、最初から存在すらしていなかったかもしれないという不安が押し寄せる場面なのだ。それなら、ウニを守るための努力は、何だったのか。キム・ビョンスと対決する新たな連続殺人犯パク・ジュテは、存在していたのか。

（「笑えない冗談、サド‐ブッダの悪夢」）

ひょっとしたら〈真実〉など、当初からどこにもなかったのではないか。主人公が直面する内面世界の崩壊を読者が共有し、すべてが白くぼやけた空《くう》の世界を体験していただけたら幸いだ。

二〇一七年九月　　　　吉川凪

07 どきどき僕の人生
キム・エラン著／きむ ふな訳

08 美しさが僕をさげすむ
ウン・ヒギョン著／呉永雅訳

09 耳を葬る
ホ・ヒョンマン著／吉川凪訳

10 世界の果て、彼女
キム・ヨンス著／呉永雅訳

11 野良猫姫
ファン・インスク著／生田美保訳

12 亡き王女のためのパヴァーヌ
パク・ミンギュ著／吉原育子訳

13 アンダー、サンダー、テンダー
チョン・セラン著／吉川凪訳

14 ワンダーボーイ
キム・ヨンス著／きむ ふな訳

15 少年が来る
ハン・ガン著／井手俊作訳

16 アオイガーデン
ピョン・ヘヨン著／きむ ふな訳

クオンの「新しい韓国の文学」は、
韓国で広く読まれている小説・詩・エッセイ
などの中から、文学的にも高い評価を得ている
現代作家のすぐれた作品を
紹介するシリーズです。

*
好評既刊
*

01 菜食主義者
ハン・ガン著／きむ ふな訳

02 楽器たちの図書館
キム・ジュンヒョク著／
波田野節子、吉原郁子訳

03 長崎パパ
ク・ヒョソ著／尹英淑・ YY 翻訳会訳

04 ラクダに乗って
シン・ギョンニム著／吉川凪訳

05 都市は何によってできているのか
パク・ソンウォン著／吉川凪訳

06 設計者
キム・オンス著／オ・スンヨン訳

キム・ヨンハ〔金英夏〕

1968年生まれ。延世《ヨンセ》大学経営学科修士課程修了。1995年、季刊誌『レビュー』に「鏡についての瞑想」を発表して、作家としての活動を始めた。長篇小説『お前の声が聞こえて』『クイズショー』『光の帝国』『黒い花』『阿娘《アラン》はなぜ』『私は私を破壊する権利がある』、短編集『何があったのかは、誰も』『兄さんが帰って来た』『エレベーターに挟まったあの男はどうなった』『呼び出し』、エッセイ集三部作『見る』『語る』『読む』があり、スコット・フィッツジェラルドの『偉大なるギャツビー』の翻訳もある。文学トンネ作家賞、黄順元文学賞、東仁文学賞、万海文学賞、現代文学賞、李箱文学賞、金裕貞文学賞など、主要な文学賞はすべて受賞しており、作品は現在、アメリカ、フランス、ドイツ、イタリア、オランダ、トルコなどで盛んに翻訳、出版されている。日本ではこれまでに『阿娘はなぜ』（白帝社、2008)、『光の帝国』（二見書房、2008）が刊行された。

吉川　凪〔よしかわ　なぎ〕

大阪生まれ。新聞社勤務を経て韓国に留学、仁荷大学国文科大学院で韓国近代文学を専攻。文学博士。著書に『朝鮮最初のモダニスト鄭芝溶』、『京城のダダ、東京のダダ——高漢容《コハニョン》と仲間たち』、訳書としてカン・ヨンスク『リナ』、『申庚林《シンギョンニム》詩選集 ラクダに乗って』、パク・ソンウォン『都市は何によってできているのか』、チョン・セラン『アンダー・サンダー・テンダー』、谷川俊太郎・申庚林『酔うために飲むのではないからマッコリはゆっくりと味わう』、朴景利『完全版　土地』1、3巻などがある。

殺人者の記憶法
新しい韓国の文学 17

2017 年 10 月 30 日　初版第 1 刷発行

〔著者〕キム・ヨンハ（金英夏）
〔訳者〕吉川凪
〔ブックデザイン〕文平銀座＋鈴木千佳子
〔カバーイラストレーション〕鈴木千佳子
〔ＤＴＰ〕廣田稔明
〔進行管理〕伊藤明恵
〔印刷〕大日本印刷株式会社

〔発行人〕
永田金司　金承福
〔発行所〕
株式会社クオン
〒 101-0051
東京都千代田区神田神保町 1-7-3 三光堂ビル 3 階
電話　03-5244-5426
FAX　03-5244-5428
URL　http://www.cuon.jp/

ISBN 978-4-904855-64-5　C0097